O encontro infeliz

PHILIPPE GRIMBERT

O encontro infeliz

Tradução de
RACHEL BERTOL

1ª edição

EDITORA RECORD
RIO DE JANEIRO • SÃO PAULO
2012

CIP-BRASIL. CATALOGAÇÃO NA FONTE
SINDICATO NACIONAL DOS EDITORES DE LIVROS, RJ

Grimbert, Philippe
G873r O encontro infeliz / Philippe Grimbert; tradução de Rachel Bertol. - 1ª ed. - Rio de Janeiro: Record, 2012.

Tradução de: La mauvaise rencontre
ISBN 978-85-01-08993-9

1. Romance francês. I. Bertol, Rachel. II. Título.

12-1738 CDD: 843
CDU: 821.133.1-3

TÍTULO ORIGINAL EM FRANCÊS:
La mauvaise rencontre

Texto revisado segundo o novo Acordo Ortográfico da Língua Portuguesa.

Impresso no Brasil

ISBN 978-85-01-08993-9

Aos meus fantasmas

E quando outubro chega, desnudando as árvores,
Seu vento melancólico ao redor dos mármores,
Decerto acham ingratos os humanos,
A dormir, como o fazem, sob espessos panos

CHARLES BAUDELAIRE

Não houve meninas nesta história. Apenas dois meninos e nem por isso foi mais simples. Claro, com o passar dos anos, uma ou duas belezas apareceram, deram suas voltinhas e partiram. Pegaram o braço de um, a boca do outro, mas esta permaneceu uma história de meninos. Nada poderia tê-los separado, cruz de pau, cruz de ferro, na vida ou na morte. Não houve rivalidades imbecis, foi outra coisa que os dilacerou, algo presente desde o início, mas que ninguém ainda podia imaginar.

Esta história, eu sou obrigado a começá-la em certo momento tão afastado no tempo que se reduziu desde então a sensações. A areia que escorre entre meus dedos, os gritos, as alamedas empoeiradas, os balanços e finalmente nós dois, Mando e eu, quando nos olhamos pela primeira vez. Ele, arredio, à distância, apertando uma caixa de metal contra o peito, e eu aterrorizado pelos gritos e pela agitação dos outros. Um parque, os visitantes, os carrinhos e as mamães que se chamam pelo nome das suas crianças: Sra. Jacques, Rémi, Jean-Pierre, Sra. Mando, Sra. Loup.

A caixa de metal que você segurava tão perto de si quando eu vim me sentar a seu lado provavelmente continha granulados ou mistura para mingau antes de servir de fôrma para bolinhos de areia. Nossos olhares se cruzaram e você me passou a caixa. Eu não a esqueci, talvez seja o primeiro objeto do qual eu me lembre, esse presente que você me deu. Se me perguntam qual a minha primeira lembrança, a mais antiga, respondo ser essa caixa de metal. Eu devia ter três anos, quatro no máximo. A imagem permaneceu intacta, como uma dessas fotos em preto e branco, com as bordas denteadas, guardadas numa caixa de sapatos: mostra-nos, Mando e eu, sentados sobre o monte de areia, Nine e Enza por ali, tricotando e conversando. Mando e eu, que não vamos mais nos separar.

Toda semana, durante anos, Nine, minha segunda mamãe, me levou ao parque Monceau, onde eu encontrava Mando. Atravessávamos a praça da Europa, sob a qual roncava a barriga das locomotivas a vapor. Eu insistia para que ficássemos um momento no coração da fumaça, como algodão que se desfiava, rasgado por apitos estridentes. Depois continuávamos pela rua Roma, abrindo caminho em meio à névoa. Na grande alameda central, num banco junto de sua mãe, meu amigo me esperava.

Mando e eu corríamos um para o outro, o coração disparado. Logo soubemos que nos tornaríamos inseparáveis, mas, ao contrário das meninas, os garotos nunca dizem que se amam: eles se dão tapas nas costas, se perseguem, brigam. Era o que fazíamos, assim que Nine e Enza puxavam o tricô.

Corríamos para nossas atividades. As mulheres que alugavam cadeiras passavam com seus carnês de tíquetes enquanto, segurando seus cachos multicoloridos, os vendedores de balões rodeavam famílias instaladas em círculo. Foi lá que passamos nossos primeiros anos, nas alamedas empoeiradas de um território que conhecíamos de cor, fazendo ranger as rodinhas de nossos patins, tomando o céu de assalto com nossos balanços. Morríamos também, porque os pequenos adoram esse jogo: dois dedos apontados para o outro e bangue! O corpo tombava cambaleando, com a careta do caubói encontrando enfim a bala que lhe estava destinada. Caíamos no gramado do parque, para logo recomeçar até cansar e desfrutar momento delicioso do contato com o frescor da grama, a visão em perspectiva dos troncos das árvores. As meninas que brincavam conosco vinham soluçar, deitadas sobre nosso peito. Nós adorávamos morrer e elas adoravam chorar por nós.

Em seguida, Mando, suas mechas louras entre braços, apoiado na entrada da grota talhada no grande rochedo, estendia o prazer tremendo deliciosamente. Ele esperava o maior tempo possível para perguntar, enfim, com uma voz miúda:

— Loup, você está aí? Pode me ouvir? O que você está fazendo aí nessa mata?

O eco o surpreendia quando a frase voltava, longínqua, deformada. A última palavra, como uma bala louca, ricocheteava na abóbada:

— Mata, ta, ta, ta.

Escondido atrás de uma moita, que a mim parecia uma grande mata, eu engrossava a voz, feroz. Eu me deliciava com a ideia de triunfar sobre meu amigo, que já me ultrapassava por mais de uma cabeça:

— Estou vestindo o short, calçando minhas botas e... já chego!

Quando a chuva nos impedia de ir ao parque, íamos brincar no apartamento de Mando, que, aos meus olhos de criança, era imenso. Enza fazia reinar nele uma limpeza meticulosa, o assoalho liberava um perfume de cera e os armários cheiravam a naftalina. Eu invejava meu amigo por esse espaço sombrio e silencioso, a sala de jantar, com uma mesa grande o bastante para nos permitir jogar pingue-pongue e instalar o circuito de um trem elétrico, a sala de estar, no centro da qual imperava um piano de cauda cujo teclado nunca ninguém sequer roçava, a cozinha onde, em fogo baixo, cozinhava por horas um molho de tomate ou um ossobuco. Eu gostava principalmente do quarto de Mando, isolado no fundo do apartamento, que dava para um longo corredor, propício às perseguições e às explorações. Sentados sobre sua cama, devorávamos sua coleção de histórias em quadrinhos que enchia todo um armário, enquanto nos chegavam as vozes de Nine e Enza, batendo papo em torno de um café.

Não houve uma descoberta que não tivéssemos compartilhado, nenhum momento de liberdade que não tenhamos aproveitado juntos.

Somente o verão nos separava, quando Mando ia com seus pais encontrar o restante da família na Itália. Então cada um de nós vivia esse período em seu canto, esperando o momento do reencontro. Na volta eu lhe contava sobre as praias da Normandia, o céu cinza, ele me falava de Viareggio, desse sol do qual eu jamais tinha sentido a marca e que tinha amorenado seu rosto e dourado seus cabelos. Ele me ensinava como eram os sorvetes que aliviavam sua sede, que a revista do Mickey se chamava *Topolino,* e eu invejava sua compreensão de uma língua tão musical, logo ele que sentia um pouco de vergonha, eu percebia, do sotaque dos pais.

Um dia me encontro com Mando e ele me anuncia que a guerra estava declarada com um bando inimigo, é preciso agir rapidamente, a horda barulhenta já se encontra numa alameda lateral e avança em nossa direção.

Sem me dar tempo de lhe pedir explicações, Mando me ordena que o siga e parte como uma flecha, prevendo nossa derrota se caírmos nas mãos deles. Prisioneiro de uma situação que vai além de suas forças, meu coração bate muito forte, a ponto de romper. Refém de um conflito que eu não iniciei, vejo-me obrigado a me posicionar num dos dois lados simplesmente por ser o de meu amigo. Situação que me aterroriza. Muito maior que eu, Mando se afasta de mim rapidamente. Eu não percorri nem cem metros e os inimigos me alcançam.

Eu paro, envolvido por um círculo de crianças desconhecidas, ameaçadoras. Na boca, um gosto desagradável. Mando desapareceu no horizonte, encontro-me só diante do perigo. O chefe, um ruivinho robusto, me agarra pelo blusão.

— Estou avisando, os amigos dos nossos inimigos são nossos inimigos. Você conhece o italiano do Fénelon?

A palavra soa aos meus ouvidos como Ganelão, vilão, sinto dificuldade de me livrar desse nome que evoca traição. O punho do ruivinho é forte, ele e os seus têm o olhar determinado, crostas de sujeira no rosto.

— Vamos, responda! Você conhece ele, sim ou não?

O parque, as árvores, as alamedas se tingem de amarelo. Sinto vontade de vomitar, nunca antes eu tinha me sentido tão perto da morte. Ouço uma voz cujo tom se eleva, minha voz longínqua que responde:

— É a primeira vez que venho ao parque, como eu poderia conhecer esse garoto? Um italiano, ainda mais!

— Por que você corria então? Preste atenção, você poderá se arrepender. Jura que não conhece ele?

Ouço o desprezo na voz de Enza, a mãe de Mando, tão crente, quando fala de Judas, seu ódio sincero por quem vendeu o Salvador. Essa voz que deve ser a minha responde:

— Claro que eu juro!

— Estenda a mão e cuspa no chão, vai!

Tenho dificuldade de juntar saliva suficiente. Uma cusparada espumosa sai enfim, cavando um círculo minúsculo na poeira, que eu fito obstinadamente.

— Está bem, você pode ir, mas é bom se lembrar de que este é território nosso, o bando do Chaptal!

Volto para perto das cadeiras onde as agulhas de tricô trabalham freneticamente. Dão-me algo para comer que não toco: espero Mando, que não deve demorar. Mando, o intransigente, que fará perguntas e a quem eu precisarei mentir. É a primeira sombra sobre os anos de infância, de uma covardia que me dá vontade de desaparecer, de buscar a mão de Nine para fugir do parque.

Desaparecer, era disso que eu gostava de brincar depois de voltar da escola, na entrada do meu prédio. Eu cumpria um ritual: lançar um breve olhar em volta, tocar o batente o mais rapidamente possível e deslizar como um ladrão pela penumbra do hall. Eu me imaginava, então, numa dimensão paralela, outro mundo, deixando para trás o vaivém da gente nas calçadas, a agitação da circulação. Tudo confirmava: o frescor das paredes, a maciez do tapete da escada, a subida que me conduzia, enfim, às portas do meu domínio. Uma vez no abrigo da minha casa, só me restava contar: três, três vezes três, três vezes três vezes três — outro dos meus rituais — e tudo se tranquilizava até o dia seguinte.

Que alívio quando eu desaparecia, me livrando do Outro, do Abominável, do forte da escola, plantado todo dia na esquina, diante da vitrine do Cercle Bleu, pronto para me atormentar. De longe eu adivinhava seu casaco cinza todo esticado, com os botões pretos, o colarinho gasto onde meu olhar ia se pendurar durante a conversa. Eu me submetia à doçura grudenta da voz e do hálito, com seu excesso de açúcar, o perfume rosa entre o chiclete e o algodão doce Tentava um sorriso, e dois ou três detalhes de mim se tornavam imediatamente insuportáveis, a sensação de um fio de saliva costurando meus lábios e um tique certamente perceptível que agitava meu olho esquerdo. Depois da troca de banalidades, sua voz endurecia e eu sentia chegar o momento em que ele ia me pegar pelo colarinho.

Com uma risadinha, ele me perguntava o que eu escondia naquela mochila tão pesada, depois sua mão se pendurava nas duas pontas da minha camisa. Ele deixava uma marca, um amassado, manchas gordurosas. E de tudo isso, quando eu enfim voava dali, restava apenas um sentimento de aniquilamento: ter sido inteiramente esse Outro por alguns instantes, até a náusea, não ter lhe oposto nenhuma resistência — a não ser por ensaiar afrontá-lo balançando o tronco, sem firmeza —, ter exibido meus documentos a esse funcionário da alfândega intratável, ter me curvado completamente a ele, sorrido quando ele exigia, dito "Sim", dito "Não" quando ele me pedia.

Nunca comentei com Mando, ele teria imediatamente se posicionado do lado da minha má consciência, como ele sabia fazer tão bem.

— Caramba, Loup, o que você está esperando? Mesmo precisando deixar um dente, dá um murro na cara dele e, eu garanto, você nunca mais vai ouvir falar do cara!

Sim, Mando. É claro, Mando. Você tem sempre razão quando opõe sua determinação à minha fraqueza. E eu corria, apertando em mim uma miserável vitória: não ter deixado minhas lágrimas rolarem diante do Abominável, que ainda estaria lá amanhã, vigia no seu posto. Eu havia merecido esse paraíso, conquistado degrau após degrau, repetindo meu pobre ritual de múltiplos de três. Embora arrasado, eu saboreava a luz matizada pelas venezianas, os braços acolhedores de uma poltrona. Lá fora a vida continuava, eu percebia as provas distantes, uma advertência, um chamado que se misturava ao calor moderado desses primeiros dias de verão. No coração dessa doçura e apesar dos longos goles de água fresca bebida no gargalo, flutuava uma amargura, um ódio tornado abandono, a covardia total. Então eu ouvia a voz de Mando:

— Vai lá, caramba, o que você está esperando?

Na volta do parque, deixando para trás Nine e Enza, nós corríamos ao prédio do meu amigo para um último momento de diversão. Jean nos parava diante do pequeno apartamento da sua mãe, sentando no seu banco. O filho da zeladora nos oferecia balas e nos mostrava suas obras, inspiradas nos quadrinhos de Hergé, máscaras gravadas em placas de aglomerado, amuletos arumbayas de olhos zangados e lábios proeminentes como os da estátua do Capitão Hadoque. O moleque de barriga grande articulava algumas palavras incompreensíveis, ficava vermelho e tentava nos seguir nas escadas girando os braços, porém, mais rápidos, batíamos-lhe a porta na cara. Quando Enza insistia, fazíamos um esforço para brincar com ele, mas cansávamos logo: ele ignorava as regras, chupava as peças do jogo de damas como se fossem pastilhas de alcaçuz ou levava para passear os pequenos cavalos com gritos de alegria.

Enquanto lustrava os metais do apartamento, sua mãe recitava a quem quisesse ouvir a lista dos estabelecimentos especializados que haviam recusado seu filho, tapando os olhos com sua flanela. Enquanto isso o bebezão sentado em frente ao seu apartamento agitava incansavelmente uma folha de jornal diante dos olhos.

Quando chegávamos ao apartamento, passávamos pelo interminável corredor brincando de escorregar e nos fechávamos no quarto de Mando. Depois de cobrir o abajur da escrivaninha com um lenço para atenuar a luz, montávamos sobre uma almofada: numa piroga, os exploradores podiam enfim iniciar a viagem que os levaria até o vale dos dinossauros. Na coleção *Marabout*, não perdíamos nenhuma aventura de Bob Morane; Mando tomava emprestado o queixo decidido de Bill Ballantine e eu o corte escovinha de Bob: formávamos uma baita equipe. Mas, sobretudo, amávamos Blake e Mortimer, cujo universo desenhado por Jacobs era sob medida para nós. Mando usava o *trench coat* do coronel e eu a barba ruiva do professor, Londres só existia para nós por causa de *A marca amarela*, só conhecíamos o Egito pelos dois volumes do *Mistério da grande pirâmide* e cogitávamos ir a Buc para ver os viadutos e a propriedade secreta de *S.O.S. meteoros*. No quarto de Mando, adorávamos representar *A armadilha diabólica*: Mortimer era despachado no tempo, sem esperança de volta, pelo sinistro professor Miloch. Ele vagava da Pré-História à Idade Média numa esfera de aço luminosa, desregulada de propósito pelo cérebro maligno, nave temporal louca que o impedia de voltar à sua época.

— Heé! Heé! Professor Mortimer, eis um Seletor Temporal sabiamente escangalhado que, creio, reserva-lhe algumas pequenas surpresas!

— By Jove! O miserável!!! Aí está a vingança que ele tinha preparado: DESREGULAR O CRONÓGRAFO PARA ME ENVIAR SEM ESPERANÇA DE VOLTA AO INFINITO DO TEMPO!!!

Preso na armadilha, Mortimer não pertencia mais a este mundo, perspectiva que nos colocava, Mando e eu, em intermináveis discussões metafísicas. Sonhávamos tomar o comando da temível máquina para desviar o curso da história. Mando brincava, mas ele me perturbava quando imaginava que uma viagem ao passado poderia impedir sua própria concepção, se ele irrompesse no quarto dos seus pais no momento fatídico.

Eu admirava a elegância da minha mãe, às voltas com suas futilidades mundanas, o porte imponente do meu pai, que os negócios afastavam de nós toda semana, mas eu reservava meu carinho àquela que tinha me criado: minha tia Nine. Redonda, com seus cachos colados na têmpora, seu singelo vestido preto e aquele colar de coral rosa carne, cujas cores, ela me afirmava, sumiriam se ele não fosse usado. Solteira, sem filhos, Nine tinha apenas a mim. De tarde no parque, eu respondia à sua afeição interrompendo nossos jogos para correr em sua direção, sob as observações irônicas de Mando, que não se deixava levar por nenhuma demonstração desse tipo com sua mãe. Preocupado em agradar a meu amigo, eu me desviei de Nine na sua presença e ignorei os braços, tantas vezes estendidos, da minha segunda mamãe.

Anos mais tarde, quando eu a enterrei, acreditei ouvi-la dizer: "Tenho certeza de que você nunca mais voltará para me ver." Eu tivera uma reação violenta diante do fosso cavado diretamente no barro úmido, eu que esperava a imagem mais limpa de uma sepultura de gesso. Deixar Nine no coração da terra viscosa me pareceu insuportável. Eu a imaginei pronunciar essas palavras com a mesma voz fraquinha tantas vezes escutada, a voz fraquinha que me recriminava por não mais beijá-la ou, quando eu me tornara adolescente, por me esquecer durante semanas de visitá-la.

Eu poderia ter lhe respondido: "Sim, eu virei muitas vezes, eu prometo, vou trazer violetas, as suas preferidas", e ela teria acrescentado, enquanto seu caixão pousava com um chiado no fundo enlameado do fosso: "O que você aposta?", as mesmas palavras ouvidas alguns dias antes, quando ela tinha me telefonado do La Salpêtrière, convencida de que ia morrer. Eu quis confortá-la, mas sobretudo eu queria me poupar uma dúzia de estações de metrô e principalmente não perder a primeira sessão de um filme que Mando e eu aguardávamos há tempos.

— Você já teve problemas desse tipo e vai se sair bem!

— Não desta vez, o que você aposta?

— Champanhe, e do melhor! Vamos bebê-lo assim que você tiver alta! Eu voltarei amanhã, prometo.

Naquela mesma noite ela ganhava sua garrafa e no dia das suas exéquias levava mais uma aposta: eu nunca mais voltei a vê-la.

Quando as amigas perfumadíssimas da minha mãe me visitavam no meu quarto, nas quartas-feiras de bridge, eu lhes perguntava:

— Você já morreu?

E, enquanto na sala vizinha as cartas se espalhavam na toalha verde, elas me respondiam:

— Sim, meu querido. Você está brincando de quê?

Elas me faziam um pouco de companhia, com seus casacos de botões dourados, o batom framboesa, o rosto suavemente colorido pelo pó, até que fossem raptadas de mim por um chamado da sala. A partida recomeçava, minhas mortas então me abandonavam e eu escutava novamente o eco de uma briga sobre um três sem trunfo. Tudo se acalmava na hora das tortinhas, dos *petits-fours* e do chá com limão, reconciliação à qual eu era convidado. Em pouco tempo — e bem longe do formol, das mesas de dissecção e dos esfolamentos deixando escorrer os líquidos através de recipientes de aço —, a ideia da morte se associou para mim às essências inebriantes das peles que elas vestiam. Privilegiado, eu podia aproveitar o presente que me ofertavam as convidadas da minha mãe, aquelas belas defuntas: sua primeira visita de cortesia feita do outro mundo.

Como poderia eu saber que acompanharia uma dessas visitantes em sua derradeira travessia, a fim de não deixá-la sozinha a bordo de uma cama de hospital? Minha morta preferida, Gaby da noite, menininha vinda de outro planeta, jogadora de bridge extraterrestre que desembarcou no universo dos confeitos e das rixas mundanas da quarta-feira à tarde. Devoradora de jornais comprados aos maços na banca, ela pulava a primeira página, da qual escorria sangue, e as cotações da Bolsa para se lançar na página das histórias em quadrinhos. Colecionadora de receitas quando nunca nem o mínimo prato saía da sua cozinha resplandecente, notívaga amante dos bares de Montparnasse onde ela distribuía a carne do seu prato aos cachorros de seus convidados, pilar dos círculos de jogo insones em que, para se manter na mesa, ela dilapidava sua aposentadoria.

Jamais se sentira tão verdadeira, me afirmou um dia, sentada no tapete do meu quarto, quanto nos momentos em que falava pelo coração (ela tinha acabado de dividir comigo meia dúzia de bolinhos de amêndoa). Aliada inesperada, eis que entrava em pé de igualdade no meu universo uma cúmplice com a idade da minha mãe, mais próxima e carinhosa, excessivamente comilona, se regalando do improvável, cultivando o escárnio. Sua elegância (ela conjugava nas roupas todos os tons de preto) e seu corte de cabelo *à la garçonne* não eram algo secundário no seu charme. Ela me levou, assim que tive idade suficiente, às mesas de bacará, me fez provar meus primeiros Camel (segundo ela, os mais opiáceos), meus primeiros uísques (ela consumia uma quantidade que deixaria de cabelo em pé a classe médica) e me introduziu na leitura dos melhores autores dos romances policiais da *Série Noire*, cuja coleção ela possuía completa, empilhada até o teto do banheiro. A menina que vivia nessa mulher madura conversava comigo, sem se preocupar com nossa diferença de idade: depois de Mando, eu fizera uma amiga de infância.

Muitas vezes invejei em Gaby seu amor pela vida, seu entusiasmo quando, no novo bistrô que descobria toda semana, ela me convidava para um jantar que se encerrava com três cafés e dois conhaques, seguidos pelo ardor daquelas noites em claro jogando blackjack e *chemin de fer* quando, no maior segredo, ela me revelava os esquemas infalíveis que a haviam praticamente arruinado. Desafiando a morte, ela encarava seu fim com serenidade:

— No dia em que eu não tiver mais como pagar o champanhe, então adeus a todos!

No inverno dos nossos dez anos, os pais de Mando decidiram viajar para a Itália por alguns dias. Pensaram que nessa ocasião o filho poderia passar o feriado do Natal numa colônia de férias. Mando me falou da viagem com empolgação, mas ele não podia imaginar viver essa nova experiência sem mim. Dividíamos tudo, e essa aventura não seria exceção. Descobrir juntos tal liberdade, longe de nossas respectivas famílias, era tentador. No entusiasmo do momento, eu concordei, comentei a respeito inclusive com meus pais, que não fizeram evidentemente nenhuma objeção.

O que aconteceu, nas semanas seguintes, para que minha determinação se enfraquecesse a tal ponto? Em cada um dos nossos encontros, Mando me falava do projeto com uma febre crescente e, fazendo de conta que compartilhava sua alegria, eu já estava convencido de que eu não participaria da viagem. A data da partida se aproximava e era impossível confessar ao meu amigo que eu não queria me afastar do meu universo familiar. Esses quinze dias ao lado de crianças desconhecidas me pareciam insuportáveis.

Eu me via rodeado de rostos hostis, o Outro Abominável ou o bando do Chaptal. Minha decisão estava tomada, mas Mando soube apenas no momento da partida, quando eu não apareci na estação de trem.

No dia da volta às aulas, temeroso por sua reação, telefonei para meu amigo para retomar nossos encontros semanais, mas ninguém respondeu, nem nos dias seguintes. Depois de uma semana, Nine me acompanhou até sua casa, mas encontramos as venezianas fechadas e o silêncio respondeu à campainha. Quando descíamos, a zeladora saiu do seu apartamento e nos contou que Mando quebrara o punho na colônia e tinha sido levado à Itália para tratamento. Ela não sabia quando voltariam.

Dois meses depois recebi enfim notícias. Um bilhete de Mando me informava que ele estava melhor e estaria em Paris na semana seguinte.

Surpreso por meu amigo ter se tratado na Itália por causa de uma fratura, eu esperei o sábado para reencontrá-lo, temendo suas recriminações. Mando não me fez nenhuma, recebeu-me exibindo o punho enfaixado e respondeu brevemente às minhas perguntas: seu pai tinha um amigo cirurgião em Viareggio que cuidou do seu caso. Feliz demais por não precisar justificar minha traição, eu o interroguei sobre as circunstâncias do acidente. Ele evocou um concurso de saltos de esqui sobre obstáculos, onde não quis fazer feio.

Deixamos de lado o mal-estar em que o caso da colônia de férias nos tinha mergulhado. Mando e eu queríamos nos imaginar gêmeos, transparentes um para o outro, mas esse episódio, depois da minha traição no parque, projetou outra sombra em nossa amizade. Um desconforto que só encontraria explicação muito tempo depois, quando eu conheceria a verdade sobre o acidente de esqui.

O parêntese fechado, nós crescemos. Altos e magros, tendo ambos espichado um pouco rápido demais, nos perguntávamos como nossas silhuetas desengonçadas poderiam seduzir as meninas, porém outros prazeres, mais acessíveis de imediato, nos estendiam os braços, e diante de nós cintilavam as promessas dos anos que viriam.

Mando, meu melhor amigo. Mando intransigente com quem divido tudo, desde as primeiras brincadeiras no parque. Mando que não deixa nunca eu me afastar dos ideais por nós estabelecidos, que aponta minhas fraquezas e de quem eu temo o julgamento. Mando e sua força, sobre a qual eu me apoio quando, muitas vezes, a coragem me falta.

Adolescentes, nós nos inflamamos pela literatura fantástica e selamos esse pacto entusiasta: o primeiro de nós que passasse para o outro lado daria um jeito de enviar um sinal ao que ficasse. Muitos se fizeram a mesma promessa, mas conosco é diferente. Deixamos de lado nosso livro favorito, *O fantasma da ópera* (Gaston Leroux lido a duas vozes na obscuridade do quarto de Mando, no fundo do grande corredor) para devorar as obras sobre paranormalidade (Camille Flammarion: *As casas mal-assombradas*, Pauwels e Bergier: *O despertar dos mágicos*). Mando havia se apaixonado pelo espiritismo e me levava a experimentar as mesas girantes em noites intermináveis nas quais esperávamos em vão que algum móvel vibrasse, batesse em algo ou desse a volta na sala. Sempre havia, entre nossos amigos, aquele que sobrevivera a uma experiência memorável e que nos fascinava descrevendo uma mesinha enfurecida subindo as escadas, levando consigo seu bando de espíritos. Ou ainda um adepto de Allan Kardec, encontrado num dos nossos passeios pelo Père-Lachaise, que nos indicava o melhor endereço de Paris. Eles conseguiam atiçar o entusiasmo de Mando e nós nos colocávamos em círculo, em algum apartamento sombrio, povoado de excêntricas e velhas atrizes loucas, mãos dadas, respiração profunda. Mas à parte algumas memoráveis risadas loucas, a pressão um pouco insistente de um joelho vizinho ou a raiva do médium responsável, nada de conclusivo se produzia. O copo virado sobre o chão com as peças de palavras cruzadas em volta, não dava resultados melhores. Claro, ele passeava sob nossos dedos, parecia imantado por certas letras, rodopiava, mas para nos transmitir mensagens incompreensíveis que uma das nossas pitonisas afirmava se tratar de sânscrito.

As estantes das bibliotecas aguçavam nossa vontade de escrever porque, já preocupados com o fim inevitável, havíamos descoberto esse meio de acessar a imortalidade. Críticos severos, comparávamos nossos textos. Sem dúvida intrigado pelo nome da estação de metrô que passava pelo Instituto Médico Legal, eu inventara uma história localizada no Quai de la Rapée. No sinistro imóvel de tijolos parentes, sobre uma represa, eu dava vida a um povo de guardiões, narrativa muito inspirada no *Metrópolis* de Fritz Lang, que Mando e eu tínhamos visto na semana anterior na Cinemateca. Eu a intitulara *Despera* e, do alto dos meus 16 anos, estava muito orgulhoso. Mando gostou, e isso era o essencial.

Minha narrativa foi registrada em um caderno com espiral que eu preenchia com fervor, ouvindo a *Sinfonia Fantástica*. Eu havia me dado conta de que minhas passagens preferidas, em que a orquestra se soltava, cavavam sulcos mais profundos no vinil de 33 rotações, e eu sempre botava o braço do meu toca-discos no início dessas faixas sombrias.

Mando era meu único leitor, eu esperava com impaciência o fim da semana para lhe levar um novo texto. Ele mantinha um diário secreto na gaveta da sua escrivaninha, mas me reservava em contrapartida o primor dos seus outros escritos. Naquele ano, ele se dedicava aos grandes mitos e escolhera começar pelo de Orfeu, antes de revisitar Édipo e Prometeu. Sua versão da lenda me perturbara: Hades propunha a Orfeu deixar, no prato de uma balança, o peso da sua dor. Se, exatamente um ano depois, ela houvesse continuado intacta, então o inconsolável partiria com sua Eurídice. Persuadido de que sua pena não se aliviaria jamais, o poeta voltava à superfície da Terra com a certeza de reencontrar, depois da longa espera, aquela que lhe fora raptada. Suas lágrimas brotavam a toda evocação de Eurídice e os timbres da sua lira ainda comoviam até os animais selvagens. Terminado o prazo, Orfeu se submetia novamente à balança, mas constatava com horror, apesar das lágrimas e do canto, que a dor havia se tornado mais leve.

Hades triunfava, o tempo cumprira sua obra: Orfeu havia definitivamente perdido a bem-amada.

Eu nunca cogitei recriminar minha mãe pelas inúmeras ocupações que a tornavam tão pouco disponível. Eu também sofria pela maneira como meu amigo tratava Enza, pela violência com que atropelava suas convicções. Quando eu me atrevia a lhe fazer objeções, ele me respondia secamente:

— Você não sabe de tudo, Loup, minha mãe não é quem você imagina!

Ela me comovia, entretanto, imensa e redonda, essa mulher que cozinhava tão bem as massas e a quem meu amigo atormentava. Ela vacilava sob os ataques do filho e quando seus olhos ficavam úmidos eu me bandeava na mesma hora para seu lado, por mais preciso que fosse o argumento de Mando. Eu queria protegê-la, contra ele. Ela me dava pena, agitando a bandeira de uma fé inocente que, sem piedade, ele atropelava.

— Pare com essa história de Jesus!

Ele lhe falava assim sempre que ela invocava o Céu: sabia ser o que ela possuía de mais precioso.

— Você não pode dizer isso, Mando, é o filho de Deus, ele morreu por nós!

Ela percorria suas igrejas, certamente queimando velas em penitência pelo filho.

— Você me faz rir com esses sofrimentos! Ele foi torturado, morreu por nós! Pelo menos ele morreu por algo, foi o único, o único para quem poderia haver algum sentido! Facilita bastante as coisas, não? Se alguém podia ter certeza absoluta de uma vida eterna só podia ser ele. Ele sabia de onde vinha e para onde ia voltar! Então, morrer nessas condições, não diga!

Enza o fitava, aterrorizada e incrédula. Mas ela lhe perdoava porque ele não sabia o que dizia, e a expressão no rosto da mãe tinha o dom de exasperá-lo.

— Mas o que ele sofreu, Enza? — Ele nunca a chamava de mamãe. — Três dias? Umas vinte chicotadas, uma coroa de espinhos que lhe arranhou a fronte e depois, sim, a crucificação! Aí, sim, deve ter sido doloroso, os pregos, tudo isso... mas o que é isso comparado aos que sofreram em Auschwitz, anos a fio, aos que foram submetidos ao escalpelo, àqueles de quem se tirou a pele para fazer abajur e gordura para sabão? Ah, não! Certamente não foi o filho de Deus quem mais sofreu sobre esta terra, então não me encha mais com isso!

Muito tempo depois, as mídias me botaram diante do espetáculo intolerável de uma pequena colombiana agonizando durante dias, com as pernas esmagadas dentro de um buraco de lama, sob o olhar das câmeras do mundo inteiro.

Eu pensei que essa menina, presa a uma viga, superava o próprio filho de Deus, pregado nas suas pobres tábuas. Pensei em Mando, na brutalidade dos seus argumentos. Não tive coragem de encarar muito mais tempo esse pequeno Jesus em andrajos cujo olhar se apagava, essa menininha à beira da morte segurando as mãos que lhe eram estendidas. Amaldiçoei todos à sua volta, as objetivas fixadas nesse rosto de terra, e amaldiçoei o próprio Deus. Mas a violência desse sentimento me atormentava. Quem era então esse Outro cuja existência me importava a tal ponto, esse Outro diante de quem eu quis brandir o cadáver de uma menininha para lhe provar que, se nos fosse realmente necessário um Cristo, ele estaria lá, não no céu, mas no lodo, nos traços dessa pequena mártir.

Anos antes, quando ainda rasgávamos nossos shorts nos cascalhos do parque, o Salvador havia despertado nossa curiosidade de maneira totalmente diversa. Meninos e meninas, com nossas tortines crocantes de chocolate em pó (às quatro horas, polvilhado sobre uma espessa camada de manteiga, cobrindo com uma fatia de pão fresco), perturbados pela plástica avantajada do supliciado, reduzíamos a metafísica ao puro físico quando chegava o delicioso momento das confidências. Então surgiam imagens, aquelas reservadas para a noite. Bocas lambendo feridas, mãos deslizando sobre os torsos de mármore. A discussão terminava, entre risos e gritos, com um pega-pega em torno do laguinho com carpas. Até de noite, retomávamos nossas brincadeiras sem mais pensar na encarnação de Deus em seu filho, mas cada um de nós, encorajado pela confissão dos outros, adquiria as sensações inéditas que o corpo de Cristo lhe permitiria explorar ainda mais.

Existindo ou não, eu tinha raiva dele, desse Deus odiado, pelo mal que Ele maquinava, assim como pelo silêncio obstinado que Ele produzia no tribunal onde eu O intimava a comparecer. Em todo caso, Ele não estava com pressa de se manifestar. Mantinha-se Ele sempre tão afastado de nós, vivos ou mortos? Ou, ainda, como Mando supôs um dia, não reservava Ele a vida eterna apenas aos que Lhe haviam testemunhado sua fé?

Os cartazes dos filmes de Fellini tinham substituído no quarto do meu amigo os pôsteres dos heróis da nossa infância. Escutávamos lá as músicas de Nino Rota na penumbra perfumada de incenso, debatendo nosso assunto favorito. A morte nos fascinava, objeto da maior parte das nossas conversas adolescentes. Eu tentava convencer Mando: se de fato o Verbo se encontrava no começo, o nada não podia estar do lado de um "E ao pó tornarás", mas de "E ao Verbo tornarás". Não me desagradava essa ideia de inscrição: palavras, sempre palavras, para anunciar nossa vinda como para se lembrar de nós. "Como vai se chamar esse rapazinho?" e "Como ele se chamava mesmo?", e entre essas duas perguntas uma breve encarnação. No registro dos nascimentos, um nome nos extirpava do limbo para nos permitir ocupar nosso lugar aqui embaixo, e esse mesmo nome, gravado com buril no mármore, bastava para nos levar à boa lembrança dos nossos sobreviventes. Se existisse algo semelhante à eternidade era forçosamente do lado do nome que isso deveria ocorrer, ponto final.

Mando, por sua vez, pensava que esse Verbo, precisamente, podia ainda lançar uma ponte entre os vivos e os mortos, e ele queria como prova as experiências espíritas.

Eu me recusava a acreditar nas longas filas de desaparecidos voltados para nós com solicitude, ancestrais vestidos com leves túnicas eclesiásticas brancas, amigos retirados precocemente da vida. A ideia de reencontrar os que eu tinha amado à minha maneira, preso a meu terror de vê-los desaparecer, poderia, no entanto, ter sido reconfortante.

Na época, defendi bastante a minha teoria nos jantares de família, diante de alguns tios e tias, guardiões da vida eterna! Eu não achava ruim exibir para a plateia indignada a minha concepção do drama humano, essa de uma alma tão presa à carne que apodrecia junto a ela, e acrescentava, antevendo o efeito, que os discursos teológicos traíam apenas o patético desejo de negar essa realidade única da carne inteiramente crua. Nenhum túnel com farol branco no fim, como nos livros sensacionalistas que Mando havia me emprestado: *A vida depois da morte, testemunhos*, nem a grande escada estilo Cassino de Paris com fileiras de boys e girls mortos pela pátria, strass, plumas, véus, ladeando o recém-chegado até o degrau mais elevado onde o esperava o astro do teatro de revista.

A simetria parecia sedutora: de um lado da fronteira a fila de espera diante da viúva, para o abraço ou o aperto de mão de praxe, do outro, num reflexo especular, o defunto também, cumprimentando apertando mãos da longa fila de predecessores no além, que tinham vindo recebê-lo. Mais uma imagem piedosa para se jogar no lixo.

No grande chalé sob a neve, Mando e eu dividimos naquele inverno um quarto austero, mobiliado com uma cômoda e um beliche, contíguo ao de duas meninas da nossa idade. Não demoramos a conhecê-las, nem a conquistá-las, nas loucas noites acompanhadas de *yeti* (ou seria tequila?). Tínhamos viajado — enfim juntos — para esquiar num clube de férias, onde passávamos oito horas por dia descendo as pistas. Com botas para neve, íamos às boates enfumaçadas, espreitando o momento certo para o beijo durante as músicas lentas com que um disc-jockei amigo nos embalava.

Nós voltamos ao chalé uma noite abraçados às nossas duas vizinhas de quarto. No bar, para prolongar os beijos trocados ao som de Sag Warum, recuperamos o fôlego falando de nossas pistas preferidas, de nossas leituras. Um grande passeio estava previsto para o dia seguinte e Mando, o mais audacioso de nós dois, propôs na hora de deitar que tornássemos mistos nossos pequenos quartos. Eu me surpreendi desejando uma recusa das meninas, de repente angustiado pela ideia de pôr pela primeira vez à prova a minha virilidade, mas, inebriadas pelas Cocas com uísque, nossas parceiras aceitaram a proposta.

Mando pôs essa lembrança no seu diário, e eu descobrirei mais tarde, quando enfim terei acesso ao texto: ele percebe o meu olhar chorão em sua direção quando nos separamos, ele me vê abrir a porta do quarto num movimento, anota ele, "*impregnado por uma certa cerimônia*" (a parlenda obrigatória, o ritual da minha infância: três vezes três vezes três), com uma chave que ele compara àquela, mais simbólica, da minha virgindade. Ele descreve o desnudamento da sua companheira de penteado desgrenhado, os seios duros saltando do pulôver, enquanto a mesma cena acontece no espelho do outro lado da parede, seu melhor amigo contemplando também pela primeira vez uma nudez ofertada, depois estendendo a mão em direção aos pelos perfumados para neles aventurar um dedo tímido.

No dia seguinte de manhã eu era um homem, orgulhoso de ter perdido tão jovem a minha inocência. Lançando um olhar de desprezo aos nossos camaradas, esses adolescentes espinhentos, desajeitados com as meninas, um frêmito de orgulho me atravessava com a lembrança do abraço rápido ao qual uma explosão de feixes luminosos tinha tão rapidamente posto fim. Esse prazer indizível, eu não duvidava nem um segundo, tinha sido compartilhado pela minha nova amiga, bastava ler nos seus olhos.

Anos mais tarde, no fundo do grande corredor encerado, naquele abrigo que nos servia de ponto de referência, folheando um álbum de fotos, lembrança daquelas férias, encontramos os retratos das nossas conquistas. Aponto a que fez vibrar Mando, a loura de penteado desgrenhado, dotada de um apêndice nasal bastante saliente, o olhar sublinhado por um espesso contorno de delineador.

— É engraçado pensar que nós nos apaixonamos por essas duas meninas — a minha, na foto seguinte, parece um pouco gorducha com seu blusão de lã muito apertado, que lhe expõe o umbigo —, veja esse penteado, essa maquiagem, como parecem *démodé* hoje!

Com um pequeno riso cruel, meu amigo acrescenta:

— É verdade, até o seu nariz tem ar *démodé*!

Mando se mostrará irredutível no seu desprezo em relação às suas escolhas sentimentais do início, ele que colecionará a seguir meninas magras, belas, tendo como ponto em comum um amor infalível pelo cinema de Fellini. Eu conheci várias delas, mas como me esquecer daquela que poderia ser o amor da sua vida e a quem Mando não perdoou nunca, por um erro irreparável aos seus olhos: ter me ignorado.

Nossa vida se acumulava numa pilha de cadernos escolares, o diário de Mando. Ele me foi entregue, solenemente, instantes antes de os acontecimentos se precipitarem: eu era o único a poder detê-lo, ele me dirá naquele dia, porque eu conhecia o conteúdo integral, sem mesmo tê-lo aberto.

— Meu diário, Loup, tudo está nele, você vai ver que poderia ter sido escrito por você. Somos nós, é a nossa vida!

Eu lerei a narração dos nossos primeiros encontros no monte de areia do parque: Mando tinha guardado desse momento lembranças de uma precisão cinematográfica. Objetos, roupas, diálogos eram reconstituídos escrupulosamente. Nenhum detalhe, fosse ele o mais insignificante, tinha sucumbido à amnésia que recobre habitualmente esses primeiros anos de vida. Depois a história seguia seu curso, com respeito absoluto pela cronologia, transcrita fielmente com sua bela letra inclinada, impecável. Eu poderia de fato desfiar a maior parte das lembranças do meu amigo. Causava uma estranha impressão, vertiginosa: um espelho que eu atravessava para ir ao seu encontro. Ao longo das páginas, ele nos apresentava nomes que variavam ao sabor das nossas descobertas: Quick e Flupke, Spirou e Fantasio, Tintim e Hadoque, Morane e Ballantine ou os dois heróis de Jacobs, Blake e Mortimer, tantas duplas inseparáveis sobre as quais o tempo continuava sem efeito. Esses nomes se sucediam no diário, avatares da dupla Mando-Loup, cuja amizade nascida na areia continuaria vida afora, preservada até depois da morte por um juramento inviolável. Mando fez questão de inscrevê-lo no cabeçalho de um dos seus cadernos: "*O primeiro de nós que passar para o outro lado dará um jeito de mandar um sinal ao que ficar.*"

Tudo estava no diário, conversas telefônicas intermináveis, saídas semanais, descobertas entusiasmadas, experiências amorosas, sessões espíritas. Mas, contrastando com esse rigor de escrivão, uma evidência me saltará aos olhos: faltava à narrativa o episódio da colônia de férias, nenhuma palavra sobre o acidente de esqui, sobre meu abandono. Nada também a respeito das nossas desavenças, sobre nenhuma das nossas faltas ao ideal forjado por Mando. Seu diário mantinha-se o espelho de uma relação que ele queria sem concessões. Uma de suas frases atestava: "*Isto é a amizade verdadeira: ser o outro, totalmente. Sempre foi assim entre nós dois e será assim até a morte, inclusive no além.*"

Quando for impossível manter esse ideal contra ventos e marés, depois da minha última e muito evidente traição, ele irá parar de escrever. No meio do último caderno, no alto de uma página, anotará simplesmente: *"Loup passa todo o tempo longe, faltou a três encontros, dizer-lhe adeus."*

Muito tempo depois do seu desaparecimento, mergulhei novamente nas cartas que Nine me enviava durante minhas viagens de férias e senti o mesmo incômodo que na leitura do diário de Mando. Elas terminavam invariavelmente com a seguinte fórmula: "*Sua Nine que lhe ama mais que tudo.*" Relatavam acontecimentos de todos os dias, a compra de um vestido, a discussão com uma vizinha, mas voltavam sempre ao essencial das suas preocupações: o lugar que eu ocupava no seu coração. Se fosse ela a se ausentar, a narrativa da sua estada se confundia com a da busca de um presente para mim: excursões a lojas de suvenires, brinquedos, artigos de praia. Na iminência da volta, sua angústia aumentava, com medo de não conseguir encontrar o objeto que faria a minha felicidade. Inútil dizer que ela passava longe, minha pobre querida Nine, com suas bonecas folclóricas e seus potes de Souvenir-de-Menton cheios daquelas famosas balas.

Eu lhe oferecia de volta sentimentos análogos aos que ela esperava perdidamente de mim. Chegava até a lhe parabenizar pelo Dia das Mães. De toda forma ela tinha ocupado esse lugar e se proclamava minha segunda mamãe, mal disfarçando o desejo de ver desaparecer a primeira, tão desenvolta. Eu me aplicava a brincar seu jogo, com as cartas de parabéns que eu fazia chegar secretamente às suas mãos todo mês de maio.

Ao longo dos anos, minha rotina foi preenchida com ocupações e prazeres, entre os quais minhas visitas a Nine tinham cada vez menos lugar. Elas se reduziram a um almoço por semana, que ela fazia questão de transformar num verdadeiro banquete. No fim da vida, seu coração, ferido pelo meu descaso, a deixava sem fôlego e ela era regularmente hospitalizada com crises de angina do peito. Eu recebia então o telefonema de um hospital parisiense e ia vê-la, porque era preciso. Ela estendia o braço ao me ver entrar no quarto que dividia com outras senhoras, apresentava-me orgulhosamente às suas companheiras de sofrimento, chorava muito ao me afirmar que era o fim, e eu protestava sem conseguir sufocar pensamentos muito infames. Irritavam-me os telefonemas que ela me dava regularmente entre nossos almoços semanais, intervalo que lhe parecia longo demais. Eu estava à espera de uma ligação urgente, um convite para uma noitada, ou me preparava para sair quando a voz da minha segunda mamãe se queixava no aparelho, ocupando a linha.

Nunca, em contrapartida, eu faltava a um dos meus encontros com Gaby. Ao contrário de Nine, da qual pouco a pouco eu fugia das queixas e do amor invasivo, eu me deliciava ao encontrar minha velha amiga do bridge da quarta-feira, cujo apetite de viver me lançava num turbilhão. Eu a pegava em casa, em Montparnasse, uma vez por semana, para uma noite roubada de Mando. Nós tínhamos um ritual: tomávamos alguns cafés no seu apartamento superaquecido, dividindo os seus Camels diante de um televisor permanentemente ligado, antes de ela me pedir ajuda para escolher uma roupa para saírmos. No seu closet havia um número incalculável de blusas e calças, rigorosamente pretos, diante dos quais ela hesitava, puxando um cabide, mudando de ideia, perguntando insistentemente minha opinião. Uma vez segura da sua elegância, ela me tomava nos braços e nós descíamos a mil as escadas para percorrer o bulevar. Nosso programa sempre começava por uma sessão de cinema. Depois de peneirar a programação da semana, Gaby não arriscava:

como lia apenas romances da *Série Noire*, ela gostava apenas de filmes policiais. Nós nos sentávamos, a seu pedido, nas primeiras filas e, tão logo instalada, o nariz grudado na tela, ela agarrava minha mão para não mais largar até as luzes se reacenderem.

A sessão terminada, voltávamos para a sua casa, não sem antes fazer uma provisão, no seu confeiteiro preferido, dos *petits-fours* que a faziam perder a cabeça. Nós os degustávamos durante o jogo de baralho que nos levava até a hora do jantar. Depois da refeição, num desses bistrôs dos quais tinham lhe falado muito bem e onde ela submetia a paciência dos garçons a uma rude prova, ela me propunha acompanhá-la a seu clube de jogo. Cumprimentávamos os frequentadores com deferência, ofereciam-lhe sua cadeira e, sem contar, ela distribuía gorjetas a todos os funcionários, qualquer que fosse a sorte da noite. No bacará, no *chemin de fer* ou na roleta, ela vibrava com as vitórias como se fosse uma criança, mas se mantinha perfeitamente indiferente às derrotas. Era de manhãzinha quando eu a acompanhava à porta do seu prédio, um pouco cambaleante depois da quantidade impressionante de uísques que ela havia absorvido. Eu precisava usar o pretexto do horário das minhas aulas matinais para recusar uma última partida de *rummy* regada a champanhe.

— O senhor é da família? Tenho uma péssima notícia.

No telefone, a voz que se dirigia a mim deu a notícia com precaução: minha segunda mamãe morreu no fim da tarde, seu coração falhou. Eu não consigo evitar a lembrança do seu último telefonema quando, uma vez mais, ela me anunciou a iminência do seu desaparecimento e quando, uma vez mais, eu tentei reconfortá-la, chegando a apostar uma garrafa de champanhe.

Engolindo minhas lágrimas, eu arrisco para mim mesmo:

— Bravo, Nine, você mereceu a taça!

O enfermeiro me recomendou levar algo para vesti-la. Ela chegou de ambulância vestida com um penhoar, não podemos enterrá-la assim. Eu peço à minha mãe para me ajudar, ela escolhe para Nine o singelo vestido preto com o qual tantas vezes a vimos. Sua voz não deixa transparecer emoção, provavelmente porque ela não sente nenhuma. Ela dobra o vestido, faz um embrulho que coloca em meus braços, recomendando-me entregá-lo ao empregado do necrotério. Eu compreendo por suas palavras que ela não me acompanhará.

Irei sozinho nesta última visita a Nine, minha primeira a um morto: minha mãe me faz pagar o lugar que eu ocupei ao lado daquela que a suplantou, recriminação que ela nunca cogitou fazer com Nine ainda viva.

Eu ligo para Mando imediatamente. Nine participou de todas as nossas tardes no parque, conversando com Enza, zelando com seu olhar carinhoso pelos jogos de quem ela considerava um filho. Minha voz treme, mas não quero desmoronar diante do meu amigo, lembrando-me muito bem das suas observações sobre minhas demonstrações de afeto. Ele se mantém silencioso um momento, depois me pergunta simplesmente se eu irei ver o corpo no hospital. Eu lhe conto sobre a reação da minha mãe, da missão que me coube. Sinto uma empolgação na sua voz quando ele me pergunta:

— Você me conta depois? Eu nunca vi um morto.

Do seu jeito, minha mãe deixou bem claro: eu tinha sido único, o único para Nine, o único também que cumprirá os últimos deveres em relação a ela. No ônibus que me leva ao hospital, o embrulho sobre os joelhos, eu me pergunto que rosto me reserva a minha morta, essa que, depois de ter me dedicado a vida, vai me oferecer o espetáculo do meu primeiro cadáver.

Na pequena sala de espera eu não estou sozinho, há um viúvo, rígido numa das cadeiras. Ele botou a seus pés um pacote onde se lê Au Vrai Chic Parisien. Dentro, provavelmente, dobrado com cuidado, um vestido preto singelo, parecido com o de Nine, acompanhado de um par de meias e de uma combinação cor de lavanda. No cômodo vizinho, o barulho surdo de um elevador de cargas. A porta se abre e um enfermeiro mostra a cara para anunciar um nome: o viúvo suspira longamente, lança-me um olhar desamparado, levanta-se com esforço e a porta se fecha atrás dele. Ouço vagamente sua conversa através da parede:

— O senhor não se esqueça de pôr o broche e os brincos.

Percebo que esqueci o colar de coral de Nine, aquele que precisa ser usado para viver. Na sombra de um porta-joias, ele vai desbotar. Como a morta que espera a minha visita em algum lugar no subsolo, desta vez sem se impacientar, sem rancor no coração murcho como um balão velho. Eu revejo seus ovos com maionese, seus *paupiettes*, suas tortinhas de framboesa, penso no nosso último encontro a que faltei, na solidão na qual eu tantas vezes a abandonei.

Depois de alguns instantes, o viúvo sai. Com o rosto amassado ele me cumprimenta e o elevador retoma sua viagem. A cara do empregado ressurge e ele pronuncia o nome de Nine. Uma mesa de metal, sobre rodinhas, estacionada no centro de uma sala ladrilhada. Sentindo-me de repente jovem demais para essa missão, eu gostaria de dar meia-volta. Sobre a mesa, coberta até os ombros por um lençol, repousa minha segunda mamãe, a tez amarelada, a boca grande aberta, exibindo um buraco negro no lugar dos incisivos. Ela não está penteada como de hábito, seus cabelos colados não emolduram mais seu rosto com cachos. Em seus traços não podemos ler nem paz, nem sofrimento ou alívio. Nada a não ser uma extraordinária indiferença. Engolido pelo abismo que deixam entrever seus lábios descoloridos, eu me surpreendo, quando começo a falar, ao me ouvir dizer simplesmente:

— Seria possível fechar sua boca?

O empregado me responde, garantindo-me:

— Oh! Sobre isso não se preocupe. Vamos recolocar seu aparelho, ela estará bastante diferente depois que nós a tivermos preparado, o senhor verá. Terá o ar de quem dorme.

E para me dar uma amostra da aparência que Nine ganhará no seu caixão, ele junta num mesmo gesto o queixo e o nariz do cadáver para fechar-lhe os lábios. Pega o embrulho e me pergunta se tenho outras recomendações quanto à roupa. Eu estendo o dorso da mão para o rosto de quem tanto me amou e sinto um frio impressionante. Com os braços cruzados, o enfermeiro espera claramente que eu saia. Impossível dizer a Nine diante dessa testemunha o que eu preparei, me curvar até sua orelha para lhe pedir perdão. Tenho o olhar fixado na boca da minha morta, que se abre de novo, lentamente, como para um grito em câmera lenta, exibindo os incisivos que faltam. A mandíbula inferior de Nine alcança quase o peito quando eu a deixo.

Pronto, está feito. Vou poder satisfazer à curiosidade de Mando e lhe dizer que sou outro homem, como durante nossas férias no chalé da montanha. Agora são os vivos que eu não vejo com os mesmos olhos: eu contemplei a morte. Que seja ou não a última vez, é evidente que não se trata de um sono, é totalmente diferente. Senão como encarar o rosto obstinado sobre o qual não desliza mais nenhum pensamento, nenhuma reprimenda, essa pele de cera que não responde mais às carícias?

Naquela bancada de aço, Nine ainda continua amando a mim apenas, a mim?

Deixei Nine sem notícias por anos. Ela saiu da minha mente, simplesmente, e sua existência me volta assim, acompanhada por uma náusea, prova de um encontro a que faltei. Com o coração batendo forte, me dou conta de que não lhe dei sinal de vida durante todo esse tempo, ela para quem eu era tudo. Espreitando minhas ligações como uma luz no fim dos seus dias, a querida alma tinha o hábito de me fazer uma reprimenda — era tão acanhada — se eu não lhe telefonasse depois de três dias. Mas faz anos que eu a esqueci. Cometi esse ato irreparável, que, muito provavelmente, deve tê-la precipitado na desesperança. No seu minúsculo apartamento, tendo o rádio como única companhia, espreitando a campainha que não tocaria nunca mais, Nine não ousou discar meu número por medo de me incomodar. Como tirar o fone do gancho para lhe confessar que ela saiu a esse ponto dos meus pensamentos, como sustentar tal discurso àquela para quem eu represento — ela me repetiu e escreveu isso tantas vezes, eu não estou inventando — a única razão de viver?

Sujeito monstruoso, tipo repugnante, grita a voz que me acorda. O pensamento me invade quando, encharcado de suor, eu tomo consciência de que se trata apenas de um sonho. Impõe-se a mim a forma de uma frase cujo peso terei de carregar, pronunciada como um suspiro de alívio:

— Está tudo bem, ela morreu!

Em nosso último ano na escola, Mando e eu cumprimos o ritual do tradicional intercâmbio linguístico na Inglaterra. Estava fora de questão, é claro, viver essa aventura um sem o outro. Mando achava que, depois da temporada de esqui, seria provavelmente a oportunidade para uma nova experiência sexual, com uma dessas inglesinhas cuja liberdade de costumes exaltávamos. Se não cumpriu todas as suas promessas, esta viagem, no entanto, foi marcada por um acontecimento que deixou sua marca em nossa amizade, uma sombra a mais.

Uma noite, nos separamos na praça central do balneário de veraneio. Fui com um grupo de amigos, secundaristas franceses como nós, a um show de música pop num cinema das redondezas. Mando, de seu lado, levou para dançar no Kilt (ou seria no Palladium?) uma jovem inglesa, Wendy, que acabara de conhecer. Está entusiasmado, sonha em passear com ela por Londres, voar em volta do Big Ben ou fazer um piquenique à beira do Serpentine, à sombra da estátua de Peter Pan, o menino que não queria crescer. O encontro para voltarmos ao nosso *bed and breakfast* está marcado para meia-noite e meia, perto de um chafariz na extremidade da praça.

Depois do show, na hora marcada, estou sentado na beira do chafariz, de olho nas idas e vindas de uma multidão ainda animada. O tempo passa sem que meu amigo apareça. Eu espero assim mais de uma hora, pensando que talvez sua Wendy o tenha convidado para esticar a noite na casa dela e, um pouco contrariado, decido me recolher. No nosso quarto, vagamente culpado, eu procuro me manter acordado, atento aos barulhos que poderiam indicar a volta do meu amigo, mas o sono vence. Sou acordado bem cedo por um Mando furioso, exausto, que me diz, com a voz turva de raiva, ter me esperado toda a noite no lugar marcado. Eu protesto, mas a verdade aparece depois do café da manhã quando vamos à praça. O mal-entendido logo se dissipa: os lugares possuem uma simetria gemelar perfeita, duas fontes reinam, separadas apenas por algumas árvores e por uma grama florida, de cada lado de um bulevar que sobe em direção ao centro. Cada um esperou pelo outro na beira de um chafariz diferente!

Sentimo-nos reconfortados, com a diferença apenas de que meu amigo me esperou toda a noite enquanto eu me cansei depois de uma hora. Mando não faz, entretanto, nenhuma alusão a essa nuance importante, talvez porque ela faça pesar muito para o seu lado a balança da nossa amizade.

***

Desse episódio, assim como de muitos outros golpes, seu diário não falará nada a respeito. Esses brancos não são fruto de uma censura: o que não foi contado simplesmente não existiu para ele. A narrativa da estada na Inglaterra exalta ao contrário a adequação perfeita dos nossos pensamentos, nossas alegrias compartilhadas, o passeio por Londres, onde compramos em W.Y. Bill, na Bond Street, dois pulôveres de lã da mesma cor, cuja única diferença era o tamanho, os pequenos furtos sem importância cometidos apenas pela emoção do proibido nas lojas de doces e os passeios sob a chuva intensa. Nenhuma palavra sobre o caso do parque, quando minhas explicações constrangidas não puderam mascarar minha traição. Nenhuma palavra também sobre o episódio da colônia de férias, o meu abandono mais evidente.

Mando continuará fiel à sua obstinação, tentando manter o mito da alma gêmea com uma cegueira que me partirá o coração quando enfim eu tiver acesso aos seus cadernos. Não há sombra alguma, pelo menos até o episódio do nosso rompimento, com sua frase seca como se fosse uma constatação de óbito.

O parque Monceau estava ligado à nossa infância, depois o Père-Lachaise se tornou nosso passeio preferido, muito à frente dos demais jardins da capital. Mando e eu fazíamos sempre o mesmo percurso, sendo a primeira parada o túmulo de Oscar Wilde, cujo *Retrato de Dorian Gray* satisfazia nosso gosto pelas narrativas fantásticas: em que estado íamos encontrar os órgãos genitais da criatura alada que zelava pelo monumento? A pergunta tinha se tornado uma aposta entre nós. Volta e meia, um vândalo a emasculava, ultrajado sem dúvida pela resposta inequívoca que ela trazia à pergunta sobre o sexo dos anjos, e ressoava então o grito de vitória de Mando, que ganhava seu ingresso para o cinema:

— Já era! Sua vez de pagar.

Fico com raiva: um golpe de buril fez de novo saltar os atributos tão bem, presos na semana anterior. Às vezes, eu desconfio que Mando vai ele mesmo de noite ao cemitério para realizar a castração. Depois vamos para a tumba de Raymond Roussel, do qual nós devoramos — seduzidos pelo título que prometia uma resposta às nossas interrogações de criadores — *Como escrevi alguns dos meus livros*. Perplexos desde que lemos, num Guia da Paris Misteriosa, que ela foi construída a partir do modelo de um tabuleiro de xadrez, nós imaginamos o caixão do escritor deslizando na obscuridade de casa em casa, tão fugidio quanto sua obra. Vem em seguida a parada obrigatória diante da derradeira morada de Victor Noir, o túmulo de bronze com sua figura esculpida tal como ele estava no dia do seu assassinato, oferecendo aos olhares uma braguilha proeminente. Polida, lustrada por inumeráveis toques, ela brilha absoluta sobre o azinhavre da sobrecasaca, com sua reputação de curar a esterilidade. Mando e eu imaginamos os rituais demoníacos noturnos: mulheres em transe, saias levantadas e olhos revirados, gemendo montadas sobre a estátua do jornalista.

Longe das alamedas principais uma jovem nua se enrosca numa lápide, o corpo todo em curvas, os longos cabelos em cascata caindo de cada lado da tumba. Ao abrigo dos olhares indiscretos, nós lhe prestamos homenagem, deixando correr nossos dedos sobre as nádegas delicadas de mármore, apertando nossas palmas contra os seios gelados. A bela desaparecida que nós honramos com as mãos febris se chama Berthe Flanchet (1813-1842). Foi a jovem morta, nós queremos acreditar, quem serviu de modelo para a estátua que ornamenta seu monumento.

Mais adiante, sob um conjunto de castanheiras, a modesta tumba dos irmãos Héon nos inspira:

Maurice Héon 3/11/1890 – 2/10/1915
Marcel Héon 3/11/1890 – 3/10/1915
Mortos pela França

Nós forjamos uma convicção sobre o destino trágico dos gêmeos Héon pela leitura das datas gravadas na pedra. Adeus às esposas, beijos nas crianças, corrida emocionada, mão estendida em direção à janela do trem que se afasta. Missivas e bilhetes de amor, últimas notícias do front: "Não se preocupe, Mathilde, meu irmão cuida de mim, nada pode nos acontecer." Maurice atingido em cheio por uma bala alemã durante uma ofensiva e Marcel desesperado, oferecendo-se no dia seguinte à metralhadora, surgindo da sua trincheira com os braços em cruz, na cara do inimigo. Cultivamos uma emoção gêmea, Mando e eu, diante de datas tão próximas, prova do amor que os unia.

Enquanto visitávamos mais uma vez nossos defuntos preferidos, Mando parou entre duas alas de tumbas e me perguntou: apesar da nossa dor, queremos que os nossos queridos desaparecidos de fato retornem?

Ele não esperou minha resposta. Não, acrescentou ele, a volta do ser amado não provocaria uma explosão de alegria, basta pensar no pânico que se instalaria na assembleia dos chorosos, no terror que invadiria a família destruída se o defunto tão lamentado, estendido sobre seu leito, este que cada um deseja com toda a sua alma que volte à vida, abrisse um olho vidrado ou estendesse subitamente um braço.

Meu amigo, mais sério que nunca, continuou: se os cemitérios eram fechados com portões tão pesados ao cair da noite, seria para impedir os visitantes de se aventurarem lá dentro ou os mortos de escaparem?

Bem típica dele uma observação desse gênero, eu reconhecia seu gosto pelo paradoxo. Nem Orfeu, acrescentou ele, conseguiu suportar o retorno da sua bem-amada, logo ele, o amante inconsolável que encontrou um jeito de despachá-la de volta aos infernos, depois de lhe ter sido oferecida a possibilidade de reencontrá-la. Ele piscou para mim, sabendo que eu começava a me interessar pela psicanálise: não foi a impaciência que levou Orfeu a se voltar para Eurídice apesar do aviso de Hades, mas seu desejo inconsciente de mantê-la entre os mortos. Essa lenda simplesmente ilustra um extraordinário ato falho, concluiu ele com um sorriso.

Mando nunca parava de reescrever os grandes mitos.

No columbário, nos dias de verão, soprava a brisa mais fresca da capital. Nomes e datas desfilavam diante dos nossos olhos, nas paredes cobertas de gavetas que lembravam os guarda-volumes de estações de trem. Se em outros lugares podia-se ainda imaginar os mortos ressecados sob as pesadas tampas, aqui, simples punhados de cinzas, eles eram reduzidos às suas iniciais. Embaixo das altas chaminés que cuspiam penachos de fumaça, perambulávamos, mãos nas costas, filosofando entre as paredes cobertas de inscrições, sensíveis à mínima vibração do solo, atentos ao estrondo abafado dos fornos.

Anos mais tarde, na boca de um desses fornos, o caixão de Gaby seria lambido pelas chamas. Seu corpo se reduziria a um pequeno monte de pedras cinzas, moídas finas para serem espalhadas em nuvem por um empregado da agência funerária no Jardim da Lembrança. Gaby, a minha morta de bridges maternais, que dividia comigo seus *petits-fours* esperando a ligação dos parceiros. Morta para valer, essa cumplicidade que nascera no tapete do meu quarto de criança e nunca deixara de nos unir. Fim das noites de cartas na mão, aquela atmosfera de espelunca de apostas, diante da luminosidade azulada de um televisor, nas caminhadas por uma Montparnasse que ela havia transformado em sua pequena cidade, cliente fiel de tantas livrarias, sócia de tantos círculos de jogo. Fim das noitadas depois do cinema, nesses restaurantes onde ela tratava com intimidade os garçons que ela acreditava conhecer pelo nome, e aos quais azucrinava durante a refeição:

— Henri, o que está acontecendo esta noite? Estamos aqui faz meia hora e não nos deram nem mesmo um cardápio!

— Eu sou Roberto, madame Gaby, e a senhora chegou faz apenas cinco minutos!

— Você não me trouxe o de sempre, Henri!

— Sim, agora mesmo!

Ele sabe o que ela quer dizer com isso e lhe traz uma cesta cheia de *croûtons* apenas, resignado a se chamar Henri a noite toda.

— Você pode me dar imediatamente os meus três cafés? Você sabe que eu os bebo frios!

— É para já, madame Gaby!

— Obrigada, meu Henri. Ele é gentil, não é, Loup?

Ela me toma como testemunha — foram necessários anos para que eu me livrasse da vontade de desaparecer debaixo da mesa —, agora eu sei que ela podia se permitir tudo. Nem tensão nem escândalo: Gaby é uma figura de Montparnasse. No tempo do esplendor, ela frequentou o

Dôme, o La Coupole, o Select e o La Palette, onde seu retrato orna o fundo do bar, em companhia de uns trinta clientes célebres. Isso lhe dá direitos.

Mando se mostra ferozmente ciumento dessa relação, tanto que me surpreendo justificando ou mesmo calando a respeito desses encontros semanais. Sem convicção, eu às vezes lhe propus que se juntasse a nós, e Gaby parecia curiosa por encontrar aquele que tudo dividiu comigo desde a infância. Ele sempre recusou, claramente enojado pelo retrato que eu lhe pintei da minha velha amiga.

— Tem algo de indecente num amor assim pela vida em uma pessoa de tal idade — ironizou ele.

Quanto mais os anos avançam, mais ele se pergunta que prazer eu posso encontrar nessas noitadas, e torna-se ácido, me chamando de dama de companhia de Gaby ou de sua bengala. Um dia chegou a soltar esta frase estranha, cujo sentido eu só compreenderia anos mais tarde:

— A sua velha amiga não ficaria de pé sem você?

De qualquer maneira, ele se engana: Gaby não sente a mínima necessidade do meu braço; ao contrário, não é fácil segui-la, seus camaradas de jogo desistiram faz tempo, a artrite exige. No bulevar como na vida, o passo urgente despista quem tenta segui-la. Ela se locomove a um ritmo que subverte o tempo, eu posso lhe telefonar a qualquer momento da noite, algo do qual não me privo nem após ela chegar a uma idade respeitável: é uma mulher que não dorme nunca. As janelas do seu apartamento sobre os jardins do Observatoire mantêm-se permanentemente acesas e, quando me acontece de passar pelo bairro bem cedo, depois de uma festa, eu ergo sempre os olhos em direção à sua sacada iluminada. Sorrio com essa imagem que me tranquiliza: enquanto Montparnasse dorme, Gaby lava sua roupa íntima à mão, antes de se instalar na mesa de bridge diante de uma rodada de paciência.

A tumba de Allan Kardec, dólmen majestoso sob uma avalanche de flores, era frequentada por adeptos do espiritismo, que lá trocavam experiências. Nós lhe reservávamos o fim da tarde. Mando, magnetizado pelos conspiradores ao redor, se aproximava deles na esperança de entender suas invocações ou de se informar sobre o novo endereço do lugar onde sopravam os espíritos. Foi lá que recolhemos nossos primeiros convites para aquelas noites que tanto apaixonavam Mando e das quais saíamos com as mãos vazias.

Anos mais tarde, depois do drama, eu iria retornar ao local, por fidelidade ao interesse do meu amigo pelas tentativas de comunicação com o além.

Todo sábado havia uma sessão perto do Père-Lachaise, onde enganávamos nosso tédio na companhia dos defuntos. Penetrava-se no lugar — uma sala de aula arranjada por um diretor de escola, médium nas horas vagas — como se fosse uma igreja. Nosso anfitrião se instalava na mesa principal e a assistência, depois de pôr diante dele fotografias de desaparecidos, sentava-se comportadamente nas carteiras. Deixei com garantia uma imagem onde nos víamos, Mando e eu, sorrindo diante de um espelho, e imediatamente me arrependi. Eu não tentei recuperá-la, mas logo percebi que representava pouco risco.

A idade média do público explicava sem dificuldade seu interesse pelo além, prometido para dali a pouco. A sala, com aquecedor no meio, sofria desesperadamente com a falta de mistério. Assim como o médium, que parecia um funcionário de penhores do banco, com seus pequenos bigodes bem-cuidados e seu colete tricotado à mão sob um casaco apertado. Mas estávamos reunidos para comungar com os que nos tinham deixado e era aos cuidados desse homem que devíamos nos entregar. Meu sorriso irônico mascarava, porém, uma ponta de preocupação, o temor de não sei qual mensagem revelando a essa assembleia de aposentados um trecho vergonhoso da minha história.

— Eu queria publicamente agradecer ao nosso médium, que me foi de grande ajuda depois da morte do meu marido e que, devo dizer, me salvou verdadeiramente a vida.

Todos os olhares se voltam para a esguia silhueta vestida de preto. Uma estátua da desolação, com o rosto pálido, que inspira fundo antes de prosseguir:

— René fazia questão de ser incinerado. Respeitei sua vontade e encomendei uma urna para recolher suas cinzas queridas. Meu marido amava muito a leitura, então eu coloquei essa urna, em forma de livro, sobre a minha mesa de cabeceira, para poder falar com ela antes de dormir.

Um marido leitor transformado em livro de cabeceira. Bom começo.

— Quis compartilhar tudo, continuar com ele depois do seu desaparecimento, tanto que todo dia, quando eu saía para a minha jornada no táxi, René ia junto: eu botava a urna no banco da frente, a meu lado...

Eu me surpreendi pensando: "No lugar mais perigoso, o do carona."

— ... e eu lhe descrevia as ruas por onde eu passava, as novas construções, os lugares de que gostávamos. Mas, faz um ano, as preocupações começaram, com batidas na parede, objetos que se moviam. Os móveis dançavam no meu quarto, a tal ponto que uma noite a urna caiu da mesa, o livro se abriu e as cinzas do meu René se espalharam no tapetinho diante da cama!

— E então? — impacienta-se o médium.

— Meu Deus! Eu me senti tão culpada! Mas como proceder de outra forma? O que teriam feito no meu lugar?

Na sala uma tensão é palpável e o silêncio, espesso. Deixo passear meu olhar pela assistência: as mulheres de turbante, os olhos delineados por um traço de sombra que se estendia até as têmporas, velhotes de cabelos compridos com cachos cinzentos caindo em cascata sobre os ombros.

— Eu usei — sua voz se quebra novamente — o meu aspirador. Peguei um saco limpo e recuperei René.

Soluços agitam os ombros da viúva, enquanto um silêncio consternado acolhe seu testemunho. Eu me pergunto a quem poderei contar isso.

— Meu pobre René, vocês podem imaginar o que eu senti ao aspirá-lo desse jeito! Pouco depois eu senti que ficava doente, não comia mais, minhas forças me deixavam, então consultei nosso médium, que na mesma hora suspeitou do trabalho de alguma força oculta. Eu me sentia mal sobretudo quando me deitava na cama, e ele me aconselhou a fazer uma incisão no colchão para verificar se algum objeto maléfico se escondia lá dentro. Foi o que me salvou a vida: de fato, no meio da lã, descobri um pequeno nódulo de madeira, um caixão em formação! Sem a intervenção do nosso médium eu estaria morta, o espírito do meu marido nos queria unidos!

O homem de colete tricotado à mão convida a mulher a se sentar novamente.

— Isso nos confirma a extrema vigilância que devemos sempre exercer. É um aviso de prudência que eu dou a todos vocês: deixem amadurecer os pequenos nódulos que crescem dentro dos seus colchões e será tarde demais!

Eu me prometo verificar o lugar onde durmo e toda a roupa de cama. O médium alonga os braços sobre sua mesa, respira como um iogue e inicia as invocações.

Minha foto não será eleita, não será o momento de revelações sobre o meu passado, da exposição à luz do catálogo das minhas faltas.

Duas ou três viúvas são interpeladas por seus cônjuges para recomendações testamentárias. Há conselhos *post mortem* sobre o local de um móvel, a construção de uma cerca, o comportamento a se adotar com os descendentes ingratos na falta de acordo assinado anteriormente. Depois de reviver imagens impressionantes, o banho gelado de uma criança morta de febre, a degola de um condenado à morte, a sessão se encerra pelo transe do diretor de escola evocando multidões asiáticas impetuosas, estandartes nazistas sobrepostos ao continente europeu, imagens que não deixam de produzir seu pequeno efeito nas angústias latentes dos presentes. Na saída, uma urna de papelão solicita nossa generosidade para a Associação dos Espíritas Parisienses, a A.S.P.

Quando as coisas começaram a se desgastar, Gaby tentou ignorar as primeiras traições do seu corpo. Ela continuava a atravessar Paris de um lado para o outro, a percorrer bares e refúgios de notívagos, agitada pelos incessantes acessos de tosse, a respiração curta, mas sempre com o cigarro nos lábios.

Um primeiro ataque na saída de um clube de bridge a levou diretamente ao hospital Cochin, inconsciente. Assim que voltou a si, ela pediu que me chamassem. Quando cheguei, a encontrei estendida na cama, recusando categoricamente se cobrir com os lençóis da Assistência Pública. Ela usava um penhoar de seda e reinava no quarto, um travesseiro nas costas, outro sob os pés, mordiscando uns bombons.

— Loup, meu querido, que gentil ter vindo! Você já almoçou?

Sem pensar nas consequências, eu lhe respondi não ter tido tempo. Antes que eu pudesse fazer um gesto, ela chamou a enfermeira:

— Suzanne, seja gentil e traga algo para este jovem!

Eu adiantei as explicações da jovem constrangida (que provavelmente não se chamava Suzanne) e tentei fazer Gaby compreender que ela não estava num grande hotel. A diária que ia pagar não lhe permitia regalar seus convidados, afirmei que seria preciso esperar que estivesse de pé para retomar nossos ágapes nos bistrôs de Montparnasse. Gaby aceitou de bom grado a limitação, mas pediu logo para assinar um recibo e sair o quanto antes daquele lugar que ela qualificou como "inospitaleiro". Enquanto eu a acompanhava para casa de táxi, ela tentou fazer piada, me perguntou a que filme policial era preciso assistir, insistindo que fizéssemos uma parada num dos seus restaurantes habituais, mas eu a sentia no limite das suas forças. Compreendi que ia perder minha querida velha amiga, ela estava consciente também e, assim que se acomodou na sua cama, me pediu que jurasse que eu não a deixaria ser levada de novo ao hospital, acontecesse o que acontecesse. Ela queria morrer em casa, no seu apartamento superaquecido, no meio da sua coleção de jogos de baralhos e dos volumes da Série Noire. Na minha companhia.

O que ela desejava, sobretudo, e ela insistiu nesse ponto, era que eu segurasse sua mão no momento do seu derradeiro suspiro: ela queria poder apertá-la enquanto contemplasse a face da morte. Eu nos vi de mãos dadas, enroscados um contra o outro, toda semana, na obscuridade de uma das salas de cinema do bulevar Montparnasse, e lhe prometi que sim. Eu lhe devia isso.

Mantive minha palavra, a não ser por um detalhe. Infelizmente, aquele que ela mais desejava.

Depois do colégio, tomamos pela primeira vez caminhos diferentes. O direito e a política tentavam Mando, enquanto a descoberta da psicanálise me direcionava para as ciências humanas. Preocupados com esse afastamento, nos esforçamos para continuar a compartilhar tudo: os discos que acompanhariam nossas noites e, nas nossas bibliotecas, os livros dos quais leríamos em voz alta os trechos marcantes. Constatávamos felizes e confiantes que tínhamos, a partir de então, duas explicações complementares do mundo. Estávamos, portanto, sempre em sintonia. Distante da metafísica e das tentativas espíritas, Marx e Freud iam desalojar Kardec e Pauwels do nosso panteão, mas nossos pensamentos continuavam gêmeos.

Foi nessa época que Mando encontrou aquela que, dizia-me, seria a mulher da sua vida. Fazia semanas que ele me falava com paixão sobre ela, e nós seríamos enfim apresentados. Era seu caso mais sério, disparado na frente do pelotão de meninas que haviam cruzado seu caminho. Ele a conhecera na fila de espera de um cinema que exibia *Oito e meio*, seu filme preferido, e elogiou-me seu físico, sua inteligência e, sobretudo — o que foi decisivo para seduzi-lo —, sua paixão pelo cinema de Fellini.

Quando chegou à minha casa, a beleza nórdica me estendeu a mão, distante, enquanto eu me inclinava para beijá-la, o que não escapou ao meu amigo. Tentamos conversar no meu quarto, fumamos um pouco, escutamos música, trocamos nossos pontos de vista sobre cinema, literatura. Mas ela se mostrou inatingível, não pude captar seu olhar e atribuí sua frieza a uma provável timidez. Muito rapidamente, ela demonstrou sinais de impaciência, consultou o relógio e pediu a Mando para acompanhá-la até sua casa: ela não queria perder o horário do trem. No momento em que nos despedimos, li um desespero no olhar do meu amigo. Decepcionado com esse encontro do qual eu esperava muito, fiquei sentado longo tempo na minha cama, me perguntando como Mando ia registrar o episódio no seu diário.

Uma hora depois, Mando tocava na minha porta, sozinho. Ele me explicou que tinha mandado a bela passear depois de ela confessar que o horário do trem não passava de um pretexto para ficar novamente a sós com ele. Nessa ocasião, a força da amizade de Mando também tinha me assustado: diante do pouco-caso com que a menina havia me tratado, ele não hesitara, resolveu liberá-la. Beleza, inteligência, Fellini, tudo isso não pesava mais nada na balança, e aquela que ia transformar sua vida deixou de existir para Mando no exato momento em que ela me descartou.

Comitês estudantis se reuniam, as assembleias gerais tornavam-se cotidianas, uma tensão perceptível percorria os bancos das faculdades. Mando não faltava a uma A.G. Distribuía folhetos, organizava piquetes de greve. Insistia em que eu o acompanhasse, mas eu ficava de observador, a boa distância, como é meu costume, e meu amigo recriminava a palidez do meu engajamento. Exaltado, ele me anunciava que a história de nosso país passava por uma virada decisiva.

Foi então que eu assisti pela primeira vez a uma conferência do professor cujo nome era pronunciado com respeito na faculdade. Estive em Vincennes no início da tormenta. A atmosfera estava elétrica no anfiteatro abarrotado de estudantes esperando com impaciência aquele que consideravam um mandarim e diante do qual esperavam se sobrepujar.

Ele apareceu enfim, cabeleira cinzenta e óculos de aros redondos de metal, ostentando uma camisa com gola Mao debaixo de um espantoso casaco cuja lã grossa criava, sob a luz, um halo felpudo. Levemente sarcástico, um charuto retorcido na ponta dos dedos, os olhos tremelicando sob os óculos, ele contemplou longamente a plateia. Exclamações familiares o saudaram e alguns, entre os mais virulentos, o exortaram imediatamente a se situar politicamente. Nada impressionado pela veemência, sempre sorridente e balançando a cabeça, ele lançou:

— Vocês procuram um mestre, vocês o terão!

Eu esperava pelo pior, conhecendo o potencial explosivo da audiência, mas essa frase impôs de saída a calma. Diante dos rostos estupefatos e da atenção constante que a intervenção do professor havia causado tive a revelação do que poderia ser uma verdadeira interpretação da psicanálise, eu, estudante do primeiro ano, para quem essa ciência ainda se mostrava um enigma. Um rapagão mais audacioso — ou mais surdo — que os outros começou a tirar a roupa para provocar, mas a coragem lhe faltou quando caíram o blusão e a camisa. O professor não perdeu a chance:

— Meu jovem, ontem à noite fui ao Living Theatre e lá eles iam até o fim, eram, se eu posso me permitir, mais salientes que você!

Ele ganhara, a sala deu uma gargalhada, os aplausos estalaram. Em seguida, fez-se silêncio, à espera da sua fala. Ele começou, marcando as pausas, inventando um novo raciocínio, desenvolvendo diante de nós seu pensamento em ação. Nenhuma interpretação tinha até então me tocado a tal ponto, minhas certezas vacilaram, e essa fala, da qual eu capturava apenas as migalhas, me atingiu em cheio.

Na saída, conheci um grupo de estudantes. Enlevados como eu pelo que acabavam de ouvir, eles propuseram juntar-me a eles para formar um grupo de estudo. Fazendo estágio no hospital psiquiátrico Sainte-Anne, eles trabalhavam com psicose. A ideia era nos reunirmos o máximo possível para estudar e discutir os textos do professor. Eu aceitei, entusiasmado.

Naquela mesma noite, tentei dividir minha experiência com Mando e lhe falei do projeto de trabalho, mas o senti reticente, quase hostil. Como acontecia toda vez que não estava de acordo, ele se mostrou irônico e, quando lhe expliquei que eu tivera a impressão de uma passagem, de uma travessia do saber, ele riu e qualificou o professor de "psicopompo". Como eu lhe perguntei o significado do termo, ele me recriminou por eu ter esquecido o essencial da minha formação clássica. Que fim tinham levado os meus conhecimentos de mitologia? O psicopompo era aquele que nos conduzia à outra margem do rio, Caronte, o Timoneiro, o condutor de almas, aquele que propicia a passagem. Na hora, sua observação me divertiu: "professor Psicopompo." Não me soava mal.

Mando insistia em que eu participasse com ele dos comitês estudantis e eu lhe disse que já estava comprometido com outras pessoas num outro projeto. Eu esquecia vários dos nossos encontros, embevecido por essa descoberta e pelas novas amizades que se teciam em torno das aulas do professor.

Claro, antes eu tentei levá-lo comigo, dividir com ele essa excitação, mas ele resistia firmemente. Uma frase incômoda pôs fim às minhas tentativas:

— Eu não tenho o seu desejo de Saber. Você teria vontade, no meu lugar, de ver os órgãos sob a pele das meninas com quem você sai?

A estranheza da frase me revelava um Mando inusitado. Como eu poderia ter pressentido tal medo nele? Então ele resistia a essa aspiração, se esforçava para não desmascarar um esqueleto sob um sorriso, uma órbita vazia sob um olho maquiado? Como poderia eu ter imaginado meu amigo tomado por tais visões de horror, eviscerações, membros deslocados se sobrepondo às silhuetas em vestidos de verão? Eu nada vi, talvez não tenha querido ver, para me manter na ilusão da nossa complementaridade enquanto começava a me afastar dele, que não era nada ingênuo.

Anos antes, eu poderia ter sido alertado por seus desenhos, mas na época eles haviam simplesmente me fascinado. O lápis preciso de Mando tinha estabelecido um inventário de fantasmas: a sombra de Quasímodo suspensa no sino de Notre-Dame, a máscara de couro de Belfegor flutuando nas galerias do Louvre e o espectro de Erik vagando pelas passagens secretas do palácio Garnier. Ele acrescentara à sua caderneta de desenhos a silhueta descarnada do Imperador, erguendo o mármore do seu sarcófago, um vampiro nascido de um acasalamento de gárgulas sobre a torre Saint-Jacques, uma sanguessuga com cabeça de Medusa colada num dos pilares de Pont-Neuf, um esqueleto de aço agarrado às vigas da Torre Eiffel, sem esquecer os corpos famélicos dos monarcas da França, varrendo com o manto real branco em trapos as lajes da basílica Saint-Denis.

Em cada um desses lugares que nós tínhamos visitado, Mando vira apenas mortos.

Meu interesse pelas aulas do professor Psicopompo se transformara em paixão. Nosso grupo entusiasta corria para os seminários do novo mestre, onde, fascinados por tal proximidade, nos víamos lado a lado com a *intelligentsia* parisiense. Compreendíamos muito pouco da digressão que se inventava sob nossos olhos, mas às vezes uma fórmula nos siderava e virava de ponta-cabeça ideias preconcebidas, lançando-nos diante de uma verdade até então despercebida.

Nada intimidado pela obscuridade dos escritos do professor, eu trabalhava até tarde da noite para decifrar os enigmas. Isso não me bastava, eu queria aprender mais sobre a prática e assistir às suas apresentações com doentes. Meus novos amigos me convidaram para acompanhá-los nesse ritual semanal, depois de terem me explicado o funcionamento: um interno propunha ao professor o caso de um paciente com quem ele iria conversar em público, para determinar a natureza da patologia e destacar suas principais características. Depois que o paciente fosse levado de volta, o professor daria seu diagnóstico e trocaria impressões com o auditório.

Naquele dia, somos dos primeiros a chegar à sala do hospital Sainte-Anne reservada a esses encontros. Sentamos nas fileiras do fundo, impressionados. O lugar pouco a pouco fica lotado de psiquiatras, psicanalistas em formação e estudantes que, como nós, querem ver o professor em ação. Na sala ressoa um burburinho de conversas e cumprimentos, dos quais tento captar fragmentos, procurando encontrar na plateia alguns rostos conhecidos entre os seguidores do mestre. De repente, o rumor estanca, quando a porta se abre para um grupo de médicos. No meio deles, o professor, com um casaco sobre os ombros, avança em companhia de um jovem paciente, longilíneo e pálido. A conversa começa, o professor fala com o jovem como se batessem papo tranquilamente pelas alamedas de um jardim público. Não podemos ouvir o que dizem, no entanto me vejo mais uma vez absorto pelos olhos do professor, atrás dos óculos redondos de metal — imperiosos, inquisitivos, eles mergulham nos do paciente, que caminha a seu lado.

Os dois dirigem-se para o estrado, onde se instalam, enquanto os médicos sentam na primeira fila. Meus amigos e eu estamos muito afastados para ouvir o que se diz, além do mais o professor não faz nenhum esforço para elevar a voz. Eu o escuto, no entanto, agradecer o paciente por ter se prestado ao exercício, enquanto seu olhar agudo percorre a assistência, balançando levemente a cabeça durante a inspeção, demonstrando compreensão.

A entrevista dura mais de uma hora, o jovem responde calmamente às perguntas do professor, explica-lhe seus conflitos com as pessoas com quem convive, argumenta em uma voz cadenciada. Fico me perguntando onde poderia se aninhar uma patologia nesse discurso lógico, sem traço de incoerência. O professor parece à espreita, procurando algo que ainda não descobriu. Ele insiste e suas perguntas se tornam mais imperativas, pontuadas de "O quê?" ou "Como?", pronunciadas com uma voz repentinamente tão possante que poderíamos pensar que ele está chocado com o que acaba de ouvir.

De repente, quando a conversa chega perto do fim, o paciente solta uma palavra que mal percebemos, mas que estremece o professor. Lançando o torso para trás, como um pescador que acaba de vencer uma presa, ele pergunta: "O que você disse?" O jovem pálido repete, um pouco mais alto: "criaturar", claramente surpreso de despertar a tal ponto o interesse do interlocutor com a palavra que lhe escapou. O professor olha o auditório, um leve sorriso nos lábios, depois agradece ao paciente antes de encerrar a conversa.

Pouco depois, na conversa com um dos internos, que põe em dúvida o diagnóstico de psicose no paciente, o professor nos explicará que o termo *criaturar*, neologismo pertencente apenas àquele sujeito, que surge como uma chama no discurso perfeitamente lógico e organizado, assinala a presença de um delírio, cuidadosamente escondido até então no jovem.

Como uma simples palavra, desentocada pelo professor, pôde revelar a presença dessa patologia no interlocutor? Saí da apresentação com o sentimento de ainda ter muito a aprender: a loucura, que eu imaginava conhecer até então, caricatural nos seus delírios ruidosos, não se manifestava portanto diante do primeiro olhar? Pensei novamente na longa silhueta e na palidez do jovem cuja conversa nada de anormal me evocara. Uma desordem mental tão profunda podia então passar despercebida?

Anos a fio me esforcei para me conformar com a imagem que Mando fazia de mim. Eu tinha às vezes o sentimento de que a existência dele dependia disso e tentava manter essa imagem inalterada. No entanto, quanto mais o tempo passava, mais eu me exauria. Eu sabia que me afastava dele. E ele? Talvez sentisse esse distanciamento como um corte de bisturi, igual ao que o cirurgião realiza entre o tórax de dois siameses. Às vezes apenas um dos inseparáveis sobrevive, culpado por dever sua liberdade ao desaparecimento do outro.

O que nos aconteceu? Mando não me acompanhou quando eu segui os passos dos discípulos do professor e então tornei menos frequentes nossos encontros rituais. Dei-me boas razões: ele recusava a verdade para a qual eu me dirigia. Assim eu poderia lhe impingir sua parte da responsabilidade pelo nosso afastamento. Tínhamos compartilhado tantas coisas: jogos, leituras, primeiras experiências amorosas, mas eu precisava escapar da exigência dessa amizade, cada vez mais tirânica. Seu indicador apontado para as fraquezas do mundo e sua intransigência me faziam optar pela fuga, e o novo horizonte, aberto pelas aulas do professor Psicopompo, me oferecia a oportunidade. O hábito de amigo ideal estava me incomodando. Eu, o único para Nine, para Gaby, que tinha batalhado à minha maneira para conservar esse lugar nos seus corações, agora via como insuportável ser o único para Mando.

Eu lhe concedia às vezes uma sessão de cinema, um passeio no Père-Lachaise em homenagem aos nossos mortos favoritos, medindo meu tempo, ciente de que ele não iria se satisfazer com essa parcimônia. Contudo, eu teimei nesse caminho. Mando e eu empacamos na mesma parede de silêncio, nós que antes contávamos tudo um ao outro.

Um dia, enfim, quando mais uma vez recusei um de seus convites porque eu ia a um seminário, ele desligou na minha cara, a voz cortante:

— Divirta-se bastante e cumprimente o Psicopompo por mim!

No dia seguinte, eu tinha nas mãos uma carta oficial de rompimento.

Frias e administrativas, as palavras se enfileiravam, pondo fim a anos de amizade, proibindo-me todo recurso: minhas ligações telefônicas não teriam efeito, minhas cartas permaneceriam fechadas. Nem desabafos, nem recriminações, um aviso de rescisão. A garganta seca, a carta nas mãos, de repente caí na real. Apesar de tudo, peguei o telefone para discar seu número. Enza atendeu, pedi para falar com Mando. Constrangida, ela me respondeu que ia tentar convencê-lo. Eu a escutei argumentar, tornar-se minha advogada, e a voz fria do seu filho, de longe, a repeliu.

— *Perdona*, Mando! — lançou ela, em desespero de causa. Como resposta, uma voz se afastou, proferindo uma injúria em italiano. Desliguei antes que Enza voltasse.

Não haveria mais alguém do outro lado da linha para a qual tantas vezes disquei, Mando não me perdoaria nunca por tê-lo obrigado a preencher um dos brancos do seu diário com a narrativa, dessa vez inevitável, da minha traição. Sentado perto do telefone, eu tentava me acostumar à ideia: depois de todos esses anos, uma sombra a mais sobre a nossa amizade ia dar lugar à noite.

Eu me enganava: meses mais tarde me surpreenderia ao ouvir de novo o meu amigo, mas a voz murmurante que se dirigiria a mim nesse dia não seria mais a sua.

Procuro um disco na coleção de Gaby, descarto Chopin com Lipatti, *La Bohème*, *Medeia* com Callas, a Sexta Sinfonia sob a direção de Furtwängler, escolho entre as cantatas aquela que minha velha amiga botava com mais frequência no prato da sua vitrola. Abaixei o volume: assim, da sala, as vozes femininas entremeadas e tramadas ao infinito lhe chegarão atenuadas, como um coral de anjos.

No momento em que Mando põe fim à nossa amizade, esta de quem ele sentia tanto ciúme vai desaparecer, deixar-lhe inteiro um lugar que ele não quer mais ocupar. Perco meus dois amigos mais queridos. Faz uma semana que Gaby não se levanta, não aceita comer, mal bebe. Entrou em agonia e eu lhe dou todo o meu tempo, sem precisar mentir para Mando. Botei entre parênteses, custe o que custar, as aulas do professor Psicopompo para acampar na casa dela, dormindo algumas horas no sofá da sala. Ela sabe que eu estou aqui, como eu lhe prometi, mas responde de maneira cada vez mais fraca à pressão da minha mão. Ela tosse, com acessos que não alcançam seus lábios, espasmos dolorosos que a fazem se contorcer, um dos raros sinais vitais dados por um corpo em abandono. Os inúmeros maços de Camel que perfumaram sua vida, as garrafas de Black and White, todos os cafés vivem hoje sua revanche. Regularmente seu braço se ergue num gesto vago, depois sua mão cai sobre o peito, às vezes sobre o rosto, seus traços não exprimem nem angústia nem dor, apenas uma imensa prostração. O que significa esse gesto inacabado, que ela repete obstinadamente? Talvez chame um táxi, peça três cafés e uma cesta de *croûtons* a um Henri, ou então esteja fazendo sinal para o crupiê colocar a última ficha no 12, a *cheval*.

Antigamente, a essa hora, com todas as luzes acesas, ela ocupava sua insônia. Sob suas janelas, o rumor da noite é cortado pelas sirenes das ambulâncias, pelo estardalhaço das vozes dos notívagos que saem dos bistrôs cujos garçons ela tiranizava. Com a testa na janela, eu vejo bater o coração de Montparnasse, esperando parar o de minha velha amiga. Mas ela luta, retendo há dias sua alma no peito oco.

O médico, que veio esta tarde, repetiu que era o fim, questão de horas, talvez de dias.

— Quando uma pessoa dessa idade não se alimenta mais, é impossível durar muito.

Como lhe prometi, eu não a hospitalizei. Não tenho nenhuma palavra tranquilizadora para lhe dirigir, ela sabe tão bem quanto eu que a morte é iminente. Eu lhe asseguro simplesmente a minha presença. Assim que ela entreabre os olhos e me procura, eu murmuro que ela está em casa, na sua cama, passeando tranquilamente até o letreiro luminoso de um novo restaurante, "Na Última Margem", indica a porta para a qual eu a acompanho.

Exausto por causa dessas noites de vigília, quero conseguir enfrentar os dias que talvez ainda tenha pela frente, voltar para casa e me trocar, escapar por um momento dessa convivência.

Gaby emite grunhidos agora, percebo o sopro da morte no estertor ininterrupto que escapa da sua garganta, mas também a impaciência, a exasperação, a raiva. Decido discar o número que o médico me passou, da associação A.A.M. (Ajuda aos que Morrem), para pedir a uma boa alma que me substitua durante algumas horas. A pessoa que me atende se informa do prognóstico médico e me diz que uma das mais sérias auxiliares da organização estará na cabeceira da minha amiga o quanto antes.

Não falta muito para meia-noite quando a campainha toca. Abro a porta para uma mulher alta e loira, vestida de cinza, penteado caprichado, pequena bolsa de viagem na mão.

— Sou Madame Silejzky, pode me chamar de Anna.

Muito sorridente ela me estende a mão, franca, seca e firme. Eu a ajudo a tirar o casaco e lhe proponho deixar a bolsa na entrada.

— Você é gentil, mas eu precisarei dela. Onde está a pessoa agonizante?

Sua voz é calma, profunda, com um leve sotaque que prolonga os erres. Eu a levo até o quarto. Somos recebidos pelo gesto de Gaby, que, uma vez mais, pede em vão um café e vê passar na rua o único táxi livre da noite. Anna olha para esse braço levantado que cai sem fim com um brilho no olhar, uma luz impenetrável, uma iluminação. Ela deixa a bolsa na poltrona e logo se inclina para a forma que mal se adivinha sob as cobertas, a fim de lhe beijar na testa. O grunhido se interrompe um instante. Tento explicar a Gaby a presença da visitante, digo-lhe que vou confiá-la a ela por um breve momento e logo estarei de volta, a seu lado. Anna está resplandecente, ela se dirige para a moribunda e toca com a longa mão o seu rosto:

— Nada tema, Anna está aqui, perto da senhora.

A serenidade dessa mulher me intriga, tão à vontade diante da morte. Eu me arrisco a lhe propor que se junte a mim na sala, para beber algo.

— Claro, mas eu poderia antes fazer alguns preparativos?

Ela tira da bolsa duas velas, que instala em castiçais em forma de anjos ajoelhados, depois um ícone, que ela coloca cuidadosamente na mesinha de cabeceira. Na hora de me pedir fogo, ela se preocupa:

— Espero que eu não choque suas convicções nem as dela com isto, mas é uma ajuda preciosa para mim.

Eu lhe asseguro que tudo isso não tem realmente nenhuma importância, nem para mim, nem para Gaby. Ela acende as velas e me segue até a sala. Eu reinicio o disco e proponho a Anna uma bebida, suco de laranja ou água mineral.

— Eu preferia vodca, se tiver, sou polonesa, você sabe!

Ela tem um curioso riso gutural, um raio guloso ilumina seus olhos, que se estiram até as têmporas. Eu remexo no bar e nos sirvo generosamente. No momento de fazer meu copo se chocar contra o dela, eu me sinto um pouco constrangido para inventar uma fórmula. Ela me deixa imediatamente à vontade:

— Ao além! — Segunda risada de garganta.

Esqueço meu cansaço, menos apressado para sumir dali; eu quero saber mais sobre esse Caronte de *tailleur* cinza, que traz o ouro da sua cabeleira arranjado numa trança. Ela não se faz de rogada, fala de si com naturalidade e narra o quão difícil é a vida no seu país, a morte brutal da mãe, a seu lado, quando, pequenina, dividiam a cama, sua partida da Polônia depois de uma decepção sentimental, seus diversos empregos como auxiliar de enfermagem nos hospitais parisienses, a descoberta da sua vocação depois de assistir muitos doentes no momento de dar o passo.

— Minhas convicções religiosas são muito sólidas, o senhor sabe, eu me sinto ungida de uma missão, ser o anjo da morte ao lado dos que partem sozinhos.

Sua frase casou com a entonação da cantata, interpretada com sua voz de contralto. O Anjo da Morte, eis uma imagem que cai bem a essa beleza eslava que esvazia seu copo com uma velocidade espantosa. Ela não recusa um segundo. Eu a acompanho e, rapidamente, com a ajuda do cansaço, começo também a falar, estimulado por sua pergunta:

— O que ela era para o senhor, exatamente?

Inclinada em minha direção, seu peito opulento roçando o feltro verde da mesa de bridge, o olhar mergulhado no meu, Anna Silejzky se mostra ávida por confidências. O ronco agoniado de Gaby nos chega do quarto, igual e monótono. Anna agita negligentemente a mão, como se fosse calar a moribunda.

— Ela não precisa de nós agora, pode ficar tranquilo, a Virgem está atenta.

Seus olhos não largam os meus. "O que ela era para o senhor?" Eu lhe conto as tardes de bridge que ritmaram minha infância, as visitas das belas mortas perfumadas ao meu quarto, meu encontro com Gaby, os anos de amizade fiel que se seguiram, o lugar privilegiado que eu ocupo em sua vida. Eu lhe descrevo as noites de jogo em volta desta mesa onde estamos agora, os filmes policiais que vimos de mãos dadas, a inesgotável energia da minha amiga, seus passeios no bulevar de Montparnasse, os restaurantes, a canção da sua infância que ela cantava no fim das nossas refeições:

"E muitas vezes na sobremesa
Restavam só carinhos e afeto..."

Ela sorri ternamente, emocionada com o caloroso retrato que faço de Gaby.

Com um gesto cerimonioso, ela completa novamente os copos. Não tenho o hábito de bebidas fortes. Enlevado pela linha melódica da cantata, eu me afogo no olhar verde que aspira minhas lembranças e repentinamente, sem aviso, uma onda de emoção vem à tona. O desejo de me deixar levar diante dessa desconhecida é uma sensação nova, eletrizante, e quando todo pudor é abandonado ofereço a Anna uma mágoa nua. Ela aceita com a mesma naturalidade manifestada diante da agonia da minha amiga.

Então tudo se acelera. Numa vertigem. As confidências, o sentimento de renunciar a todas as minhas defesas diante de uma mulher a quem nada surpreenderá. Com a ajuda da exaustão e do álcool, choro como uma criança. Anna se levanta e na bruma das minhas lágrimas eu distingo um rosto que se aproxima do meu, lábios entreabertos sobre uma fila de dentes luminosos. Ela me agarra para um beijo com perfume ardente de vodca, sua mão me acaricia e encontra sem hesitar o caminho do meu desejo. Nós giramos no divã da sala sem parar de nos beijar, eu aperto meu corpo contra o dela enquanto ela murmura naquela língua para mim desconhecida, acima da cantata serena de Bach, uma melodia que desce pela minha garganta como um licor. Sua saia de lã se levanta enquanto eu me enrosco numa fortaleza de renda até mergulhar nela. Tudo se aniquila com o sabor salgado que minhas lágrimas dão aos nossos beijos, os barulhos do bairro, o ronco obstinado de Gaby, a batida repetitiva do disco que chegou ao fim.

Quanto tempo se passou desde que nós rolamos nesse divã profundo (como uma tumba)? Ao voltar a mim, estremeço com a ideia de que Gaby possa ter escolhido esse momento para partir. Apuro o ouvido, levanto e me ajeito ao mesmo tempo, com pressa. Anna, de volta ao quarto, já reencontrou sua aparência austera, o penteado irretocável, o *tailleur* cinza recomposto. Quando vou balbuciar alguma banalidade, ela põe um dedo nos meus lábios:

— Descanse, não se preocupe com nada, estou com ela.

Caio novamente no sono, com o perfume de Anna nos lábios me confirmando a realidade do que acabou de acontecer a dois passos da cama onde Gaby sofre. Sou arrancado do torpor pela voz da ajudante, no fundo do apartamento:

— Você precisa voltar, ela não está mais respirando.

Os seus erres rolando como pedregulhos me atingem como um jato de água fria, e eu salto para o corredor. Quando entro no quarto, encontro Anna de joelhos, o rosto enfiado nas cobertas, sua sombra demasiadamente esticada pelas duas velas que se consomem. Eu pego a mão de Gaby, pesada, largada como a de uma boneca de pano, e beijo a palma ainda morna. Anna se levanta. Seu olhar reluz.

— Logo depois de você voltar a dormir, sua amiga abriu os olhos, fitou-me um bom tempo, depois suspirou e tudo se apagou. Estava acabado.

Sua frase me choca. Imagino Gaby nesse último momento, descobrindo na sua cabeceira, no cenário familiar do seu quarto, não o seu velho amigo, mas uma mulher desconhecida, sorridente, vista através da luminosidade vacilante das velas. O rosto de Anna Silejzky, o Anjo da Morte, inclinado sobre ela e lhe estendendo os braços. Eu não estive presente para recolher seu derradeiro olhar, eu não ofereci meu sorriso a seu lampejo final de lucidez e sobretudo, sobretudo, eu não segurei sua mão. É muito tarde, ela terá partido numa ilusão, a de ter sustentado o olhar da morte em pessoa, soltando seus longos cabelos para envolvê-la no seu sudário dourado, murmurando-lhe palavras de amor numa língua desconhecida.

Anna guarda suas velas e o ícone na bolsa, se dirige para a porta e eu a ajudo a vestir o casaco. Leio no seu olhar apenas a determinação da voluntária da A.A.M. Ela ergue um dedo.

— Ainda lhe restam duas coisas a fazer: chamar um médico para que ele constate o óbito, e, se você quer que ela espere em casa até ser posta no caixão, peça logo amanhã cedo os serviços de um embalsamador. Ah! Outra coisa, ela por acaso manifestou alguma vontade quanto a suas exéquias?

Gaby queria ser cremada, tinha inclusive pedido que suas cinzas fossem dispersas. Que nada ficasse dela: não era possível segui-la quando viva, ela não ia esperar nossas visitas sob uma laje de mármore. Procuro na escrivaninha o papel assinado por ela.

— Muito bem, não se esqueça de entrar em contato com a A Chama Purificadora. Eles se encarregarão de tudo.

Ela vasculha nos bolsos e me passa o cartão de um especialista. Vem-me à mente perguntar quanto lhe devo, mas, subitamente constrangido pelo equívoco da minha pergunta — para qual serviço vou lhe remunerar? —, eu desisto. É ela, sempre natural, quem aborda a questão:

— Nós temos o hábito de pedir uma ajuda pelos serviços prestados aos mortos e às suas famílias. Por favor, envie seu cheque à A.A.M., eu deixo a decisão sobre o montante a seu critério.

Depois, Anna Silejzky estende-me a mesma mão seca e firme da sua chegada e desaparece na noite, com seu longo casaco cinza, e a bolsa de viagem na mão.

O Anjo da Morte teria realmente nos visitado, com sua bela silhueta vestida num *tailleur* de lã? Volto para o quarto de Gaby: como se parecesse mais pesado, seu corpo afundou no colchão, sua mão já está fria. Inclino-me para lhe murmurar palavras de desculpa. Eu não cumpri minha promessa, mas, conhecendo Gaby, tento me persuadir de que essa situação poderia tê-la divertido. No telefone, o médico me avisou que estaria no local em meia hora. Aproveito para me servir novamente de vodca, azar se vou desmoronar. Os bons cuidados de madame Silejzky não bastaram. Eu não suporto a ideia de ter perdido por tão pouco a despedida da minha querida velha amiga para a Última Margem.

A campainha me arranca dos meus pensamentos, eu abro para uma jovem morena, cabelos cortados rentes, calça e casaco de couro, um capacete sob o braço. Seu hálito exala o cigarro Gitane de milho, ela disfarça os seios sob uma camisa ampla e a feminilidade num passo de caminhoneiro. Não é o momento de imaginar novos voos ébrios, sua visita não se concluirá como a de Anna. Aliás, ela não me dá a mínima atenção. Eu não atacarei a motoqueira na poltrona do quarto, nada de abraços de couro, fechemos o parêntese sobre Eros, de volta a Tânatos. Ela abre sua maleta, tira um espelho, que desliza sob as narinas de Gaby, depois um estetoscópio, que confirma o diagnóstico. Assina o atestado de óbito e me pede um pano: é preciso amarrar o rosto da morta para que seu queixo não se solte.

Revejo o grito silencioso de Nine. E lembro-me da curiosidade de Mando:

— Você vai me contar? Eu nunca vi um morto.

Eu queria tanto dividir com ele o turbilhão desses últimos dias. Como me acostumar com o fato de não ter mais nada para lhe contar?

Pobre Gaby, com esse lenço apertadíssimo na sua cabeça! Espero que ela não se veja assim.

— Pronto, assim está. Ela não vai mais se mexer.

Eu compreendo o que quer dizer a médica vestida de motoqueiro e me seguro para não soltar uma piada de mau gosto. Serão as únicas palavras que a ouvirei pronunciar antes de acertar seus honorários. Inútil lhe propor uma vodca. Fora isso, eu não tenho mais nada com que me preocupar, aquela cuja velocidade fulminante eu segui pelas calçadas de Montparnasse de fato não se mexerá mais. Mas, numa derradeira pirueta, provavelmente ela ainda vai conseguir escapar quando a poeira branca das suas cinzas subir ao vento e vai fugir pulando o muro do cemitério, como a fumaça de seu Camel.

Atrás dos vidros da sala, o azul-marinho da noite deu lugar a um cinza sujo. Adormeci no sofá, com um sono leve que me faz estremecer ao menor barulho. De repente creio ver Gaby irromper na sala, cambaleante, para me propor uma partida de gin-rummy:

— Tire esse lenço de mim, Loup, estou ridícula!

No meu torpor, pensamentos demais se atropelam, preciso me livrar deles. Levanto para preparar um café na cozinha imaculada da minha amiga e, enquanto ele passa, volto para seu lado. Ao vê-la assim, desse jeito imóvel, digo-me que decididamente a morte lhe cai mal. Num gesto de ternura — talvez para me redimir — tento pegar sua mão. E sinto um choque: Gaby se recusa a dá-la, resiste obstinadamente, empregando uma força incrível. Seria a maneira de me recriminar por ter faltado com minha palavra? Eu preciso usar a razão para aceitar a ideia de que foi simplesmente a rigidez cadavérica que chegou. Longe daquele abandono que seguiu sua morte, o corpo da minha velha amiga reencontrou a vontade indomável.

Como acontece todo ano, na mesma data, a garrafa de champanhe está bem gelada e a rolha estoura alegremente. Entro no jogo, divirto-me. Estamos no começo do mês de maio, os belos dias voltaram e na rua ressoam ecos familiares que escapam pelas janelas abertas, risos, vozes, barulho de louça. Deixo passear meu olhar além do palco iluminado do meu bolo de aniversário: parece-me que vejo avançar uma trupe de sombras pálidas, erguendo taças à minha saúde.

Um segundo depois, restam apenas fumaça e pavios incandescentes. Dissipei meus fantasmas soprando a chama das velas, mais um ano se passou. As luzes se acendem, nós nos beijamos. Nesse momento, o telefone toca, urgente, imperativo. Corro para atender:

— Loup? Sou eu.

Meu coração dá um salto. Reduzida a um sopro, apagada, eu reconheço imediatamente a voz de Mando.

— Loup, precisamos nos ver agora mesmo, é muito importante, é urgente!

Sua fala está picotada, ofegante, deixando pressentir uma catástrofe. Mando não dá sinal de vida há meses. Eu imaginava a página definitivamente virada e eis que ele reaparece, justamente esta noite.

— Mando, eu estou festejando o meu aniversário!

— Eu sei, Loup. Mas eu realmente preciso falar com você.

— Fico muito contente que esteja me ligando, enfim, sobretudo esta noite!

Minha voz soa falsa. Tudo é muito rápido, então eu inventei uma frase de circunstância que não corresponde a nada: "Fico muito contente." Preocupado, chocado, intrigado talvez, mas contente não, certamente não.

— É um pouco difícil agora, estamos no champanhe. Venha se juntar a nós, aqui em casa, você será bem-vindo, você sabe!

Ele solta uma risadinha estranha, depois sua voz se endurece:

— Impossível. Sinceramente, Loup, você precisa vir, tenho algo a dizer, eu preciso lhe contar.

Seu "impossível" é sem recurso. Hesito e depois, como acontece muitas vezes, uma pequena covardia me faz escolher o meio-termo:

— Em uma hora podemos nos encontrar na sua casa, se de fato você prefere.

— Não, eu preferia um lugar neutro.

Como se tivéssemos um pacto a assinar, um tratado, uma negociação sem testemunhas. Ele me dá o endereço de um bar perto de Saint-Lazare.

Eu escapo, deixando meus pais com suas perguntas, o champanhe, os restos do bolo, o ritual do frasco de colônia, meu presente obrigatório há anos. Desço a rua de Amsterdam correndo, cruzo o olhar macilento de três prostitutas paradas na esquina da rua de Budapeste e empurro a porta desse bar diante do qual passei muitas vezes sem nunca entrar. No fundo da sala, enormes barris presos nas paredes revestidas de madeira, e no ambiente todo uma obscuridade perfurada aqui e ali pela luz tênue de um abajur. Num canto, instalado numa mesa, Mando me olha, metade do rosto tapado pela caneca de cerveja. Emagreceu muito, está pálido como a morte. Pergunta-me simplesmente:

— Você bebe alguma coisa?

— O mesmo que você.

Por que essa resposta? Eu não bebo cerveja. Para reatar com ele através de uma senha: "O mesmo que você"? Mas aquele espírito de alma gêmea não existe mais, eu sinto pela rigidez de um olhar em que não me reconheço mais, um olhar tão vazio e privado de substância quanto a sua voz.

— O que está acontecendo, Mando?

No mesmo instante em que faço a pergunta não quero mais saber. Mas é tarde, eu respondi ao seu chamado, devo ouvir a sua resposta.

— Loup, eu vou morrer, amanhã.

O tom não permite réplica, trata-se de uma constatação. Preciso de tempo antes de responder, a cerveja é bem-vinda, desce num gole. Uma sensação glacial invade meu estômago. Exatamente o gênero de frase que eu não gostaria de ouvir e que ele me lança, sem me dar tempo para recuperar o fôlego. Se me conheço, vou dar início a uma série de declarações reconfortantes.

— Não faça isso, Mando, isso pode ser tratado sem problemas, você não vai morrer!

E ele me responde como Nine:

— O que você aposta?

Meu estômago se contorce. De que doença incurável sofre ele, qual é o nome do mal que lhe atingiu, logo nos meses da nossa separação? Mesmo sem nada querer saber, faço a pergunta que me queima os lábios.

— O que você tem de tão grave, Mando?

Seus olhos fixam um ponto longe, atrás de mim, ao lado dos barris que decoram o fundo do salão, repentinamente transformados numa longa fila de caixões. Uma capela ardente. *Todas as cervejas do mundo*, anuncia o neon piscando sobre o bar.

— Eu preparava a revolução com meus camaradas do Comitê, mas fui encarregado de outra missão. As transformações começaram há um mês, mais ou menos, atingiram inicialmente meu rosto, veja, a minha pele ficou transparente, e depois avançaram para a minha mão esquerda, olhe, ela se alongou, as unhas vão cair em breve, não é mais uma mão humana.

Observo meu amigo, à procura dos sintomas que ele descreve. Seu olhar se apagou, seu rosto está afundado, mas além da palidez e da magreza eu não percebo a transformação de que ele fala.

De repente, uma ducha gelada cai sobre meus ombros: eu compreendo, graças às lições do professor Psicopompo.

Distante de tudo, inatingível, Mando continua, veemente:

— Meu corpo inteiro se prepara, será uma espécie de morte, pelo menos para o resto do mundo, mas eu sei: esta transparência e esta leveza vão me permitir dar um salto no vazio sideral. Um outro está se apossando de mim, um visitante. Toda noite ele imprime seus traços, faz de mim seu duplo. Ah! Se você visse, é magnífico! É bem diferente das nossas experiências espíritas, estávamos longe da verdade. As asas translúcidas, todos os seus órgãos que vemos em ação como sob uma película de plástico! Ele não abre a boca e, no entanto, eu compreendo tudo o que ele me diz, como se meu cérebro tivesse sofrido uma perfusão. O encontro está marcado para amanhã, amanhã eu serei ele, você se dá conta, Loup? É comigo que isso acontece!

Ele para um instante, agita a mão diante do rosto como se quisesse caçar um sonho ruim. Ouso ainda esperar que ele volte a si.

— Eu queria que você fosse o primeiro a saber. Eu precisava me despedir de você. A revolução será feita, mas dentro de mim. Amanhã eu não estarei mais aqui, o fenômeno se acelerou, meu visitante está com pressa, ele não pode mais esperar.

Desmoronei. Eis em que estado o reencontro depois desses meses de silêncio. Ele, meu amigo de sempre, embarcado nesse delírio, com o pensamento aos pedaços, tomando emprestado de nossos romances de ficção científica temas batidos de extraterrestres vampirizando os pobres humanos. Eu preferia de longe os médiuns e as mesas girantes. Calado, incapaz de responder, não posso nem mesmo lhe agarrar pelos ombros e sacudi-lo.

— Mando! Se fosse outro entrando numa história dessas, você iria rir dele, o acharia grotesco!

Mas ele não pode mais me ouvir, a maré o carregou, levando junto toda a nossa cumplicidade. É sem volta, tão forte quanto a morte. Então um novo choque, ainda mais violento, me faz vacilar. Acabo de entender que Mando, o íntegro, o exigente Mando, uma vez mais manteve sua palavra. Esta noite, depois de todos esses anos, e apesar do silêncio dos últimos meses, ele se manteve fiel ao pacto da nossa adolescência, ao juramento trocado solenemente: o primeiro de nós dois que passasse para o outro lado faria um sinal ao que ficasse.

Vários meses se passaram desde que me tornei fiel aos seminários do professor. Devoro sua obra, particularmente seus escritos sobre a psicose, a respeito dos quais continuo a trabalhar com meus novos amigos. Durante um debate com um interno de Sainte-Anne, depois de uma das apresentações de doentes a que eu assisto agora toda semana, o professor soltou uma frase que eu não esqueci. "Ninguém *vira* psicótico, a pessoa *é*", ele martelou. Até acrescentou, irônico: "Não é louco quem quer!" O aparecimento dos sintomas era frequentemente fruto do que ele chamava de um mau encontro: para uma pessoa que até então não havia manifestado nenhum desajuste, seria, por que não, o fato de se tornar pai ou a promoção a um cargo de responsabilidade para outra, um rompimento amoroso ou de uma amizade. Ele então usou uma imagem chocante, uma daquelas sobre as quais ele detinha o segredo:

— Nem todos os bancos têm quatro pernas, há os que se mantêm de pé com três. Mas, nesses casos, não se pode perder mais uma, senão será muito ruim!

Um rompimento, um banco com três pernas, foi difícil conter meu coração descontrolado enquanto pensava nessa fórmula. O que signifiquei para Mando durante todo o tempo da nossa amizade? Um pensamento me vem, eu o rejeito com todas as minhas forças, mas a desconfiança se torna certeza: foi nosso rompimento que fez Mando passar para o outro lado. Que papel eu desempenhei todos esses anos, sem que eu soubesse? Teria sido eu apenas um escudo contra a sua loucura? Minha amizade teria tido como única função manter fechadas as comportas que mascaravam um abismo? No momento em que não estive mais presente para segurá-las, elas se abriram com toda força: as sombras impacientes se soltaram e Mando se perdeu na tempestade. Atravessei tudo isso sem desconfiar de nada, o parque, o monte de areia, nossos jogos, nossas descobertas, sem ser alertado pelo menor sinal. A exigência de Mando, sua preocupação de conservar pura a amizade, livre de mácula, me parecem hoje reveladoras, somente agora decifráveis, como um imperativo terrível: eu precisava me manter nesse lugar ideal, do contrário a catástrofe ocorreria, essa que eu contemplo esta noite, impotente.

Meus pensamentos se aceleram. Procuro desesperadamente palavras que comoveriam, dariam lastro a esse corpo que não tem mais consistência, que se eleva nos ares como um dos balões reunidos em cachos pelos vendedores do parque da nossa infância. Procuro o socorro do professor Psicopompo, no seu texto famoso sobre o qual trabalho neste momento: *De uma questão preliminar a todo tratamento possível da psicose*, no qual espero encontrar uma resposta às minhas indagações, mas Mando já se encontra tão distante, no planeta do seu visitante, sorriso frouxo nos lábios. O sinistro professor Miloch da nossa adolescência passou de novo por aqui, plantou-lhe eletrodos no crânio para lhe injetar suas ondas maléficas. Calculo, pondero o que vou lhe dizer, com a certeza de que uma palavra mal escolhida poderia precipitá-lo para seu encontro final. Uma única palavra infeliz, um tapa nas costas, e ele despencaria do alto desse trampolim de onde — ainda agora — me faz um sinal.

O senhor ri, professor Miloch? O que o senhor acha que significa se descobrir arrimo, prótese, perna de banquinho, quando se imaginava ser amigo único? Transformar-se no mau encontro, quando se imaginava ser alma gêmea? Veremos mais tarde, agora é preciso agir, e rapidamente.

Claro, eu posso fechar os olhos, estender como bom espírita minhas mãos sobre a mesa e cerimoniosamente tomar ciência da sua mensagem. Eu lhe aperto por bastante tempo a mão, não tiro os olhos dele, um último gole de cerveja e me despeço. Volto para casa e "Adeus a todos!", como teria dito Gaby. Resta-me apenas esperar o inevitável, a voz neutra de um funcionário que me dará por telefone a péssima notícia. Ou então acelero, vou fundo, invisto todas as minhas forças nessa expedição, pego Mando pelo braço e obtenho dele um adiamento do cumprimento da sua missão. Mas para isso devo me envolver, não mais deixá-lo, e cá estamos novamente, os dois inseparáveis, para novas aventuras que eu não faço questão de viver. No entanto, minha decisão está tomada: se eu não me jogo na água, vou passar o resto da vida arrependido.

Bem do alto do rochedo que domina esta praia espanhola onde passamos nosso verão, não consigo decidir se devo ou não tentar esse mergulho que me parece vertiginoso. Mando está a meu lado, e também contempla a massa ensurdecedora cujos impactos ressoam sob nossos pés. De repente caio como uma pedra na água cintilante, mais de quinze metros abaixo. Quando subo à tona, atordoado, meu primeiro olhar é para Mando. Distingo, através dos meus cabelos colados, sua silhueta embaçada no alto, levemente inclinada: ele não ousou.

O que me precipitou do alto do penhasco não foi o gosto pela aventura — que eu nunca tive —, mas a perspectiva da noite enjoativa que se seguiria se eu não mergulhasse. Aversão a mim mesmo que desperdiçaria minhas férias e que eu arrastaria como um saco de cinzas, sem pensar em mais nada, repisando esse recuo.

— Você não conseguiu, você não mergulhou!

A meus olhos e aos de Mando, essa aposta perdida era bem menos concebível que o salto suicida que me lançou ao vazio. Uma testemunha me dirá:

— Mas você é louco! Não é assim que se deve mergulhar de tal altura! Você não tomou nenhum impulso, caiu na vertical, rente à parede rochosa, poderia ter se matado!

Sem dúvida. Mas que importância isso tem? Mergulhei do meu rochedo e Mando não me seguiu. Compensei com essa atitude diante dele alguns dos meus memoráveis recuos:

— Vai lá, caramba, o que você está esperando?

Para mim isso não tem preço.

Eu me decido, como no pulo das nossas férias espanholas, anos antes: Mando não deve morrer, nada mais importa. Resta-me encontrar os meios. Se eu posso retê-lo, será através de um pacto, de um juramento (ele acaba de me dar a prova de se manter sensível) em nome da nossa antiga amizade.

— Mando, eu vou pedir uma coisa difícil para você, eu sei, mas você deve me conceder, a mim, que sou seu amigo. Quero saber mais e para isso nós precisamos de tempo. Dê-me a noite de amanhã, nós conversaremos o quanto for necessário para que eu compreenda o que aconteceu com você, com detalhes, desde o início. Para que eu possa dividir tudo com você.

Sua expressão não se modifica, seu olhar continua colado na parede do fundo.

— Impossível, minha transformação está muito avançada, você pode ver.

Eu me forço a rir.

— Impossível? Alguma coisa é impossível para nós? Mando, você está me gozando! Nós vivemos mais de uma transformação, sempre juntos, e, mesmo que esta seja de longe a mais importante, você não pode me deixar de fora, eu sou o único que pode compreender o que acontece com você. O esforço que exige de você é enorme, eu sei, mas faça isso por mim, por favor!

Pronto para dizer qualquer coisa, eu estou tão tenso que a minha voz soa convincente, persuasiva. Mando não deve morrer, este é meu único objetivo.

— Você estaria pronto para escutar tudo isso? Mas não existem palavras para dizer, é meu corpo que fala, são meus órgãos, minhas células, não há nada mais intacto em mim.

— Nós vamos achar juntos as palavras, confie em mim, já passamos por outras. Jure que vai me esperar!

Desta vez acho que acertei na mosca com meus argumentos: ele vacilou, seu tom mudou, ficou menos definitivo. Ele demonstra mesmo certa inquietação, o olhar para baixo, como se procurasse ler na espuma que sobrou no fundo da sua caneca. Depois me encara, seu olhar de novo um aspecto consistente e ele me concede enfim o encontro que eu peço. Depois de alugar um conjugado no centro ele voltou para a casa de seus pais, para o quarto no fundo do corredor, onde deixou a maior parte dos seus pertences. Lá nós nos veremos amanhã.

— É um sacrifício enorme o que você me pede, Loup, eu espero que saiba disso. E ainda é preciso que o meu visitante aceite que eu sobreviva a esta noite.

Quando eu toco no dia seguinte na porta do apartamento, é Enza que vem me abrir, um lenço na mão. Ela me abraça.

— Loup, quanto tempo! Ajude-me, por favor, eu não o reconheço mais, ele não quer mais comer, acho que não dorme nunca. Desde que voltou para casa não sai mais do quarto, fala sozinho, sempre tem luz sob sua porta! O que eu devo fazer? Eu sugeri que se internasse, mas ele não quer ouvir falar, diz que não vão repetir o golpe. Você sabe como ele é duro às vezes, ele disse palavras, Loup, que eu não posso repetir!

— Ele diz que não vão repetir o golpe?

Ela me acompanha até o fundo do corredor, bate na porta discretamente e se afasta, acrescentando alguma coisa antes de ser engolida pela sombra.

Mando abre com precaução, faz-me entrar e depois se inclina para fora como que para verificar se estamos de fato sós. Ele não mudou desde a véspera, mas, nesse lugar conhecido onde tantas vezes refizemos o mundo, é um choque descobri-lo tão pálido, alheado, no meio dos seus livros e discos. Os cartazes dos filmes de Fellini desapareceram, substituídos por nus de mulheres grávidas, esqueléticas, envolvidas por sua cabeleira de aquarela. Mando sempre foi bom desenhista, mas seu traço se firmou mais ainda desde a galeria de fantasmas parisienses. O nanquim marca o papel como uma lâmina de bisturi, o ventre das suas criaturas exibe o umbigo proeminente, um olho de ciclope. Ele senta na cama, tomo meu lugar diante dele.

— Bonitos os seus desenhos!

— É a fecundidade, ela me veio assim, sem esforço. Tudo me foi ditado pela criatura. Você sabe, não foi apenas meu corpo que se modificou, mas também minha percepção do universo, o sentido da existência. Um véu caiu dos meus olhos, como se tivessem me operado de catarata, agora tudo está claro, tudo se explica, eu compreendo tudo.

Eu não gosto dessa certeza opaca, impenetrável! Ela não abre nenhuma brecha, não seria possível enfiar um dedo.

— Você se lembra das noites que passamos olhando para o céu, à procura de uma resposta, o infinito, Deus, tudo isso, nossas preocupações infelizes de adolescentes? Ah! Estávamos longe de poder compreender, mas não podíamos fazer nada. Como poderíamos ter adivinhado que seria necessária essa travessia: deixar de pensar com nosso cérebro, por ser ele o verdadeiro obstáculo à compreensão! Pouco a pouco meus fluidos corporais deram lugar ao ar, um ar puro que circula livremente e me torna mais leve.

Eu ignoro o que transparece no meu rosto, mas Mando deve ter visto passar uma sombra de dúvida.

— Você não acredita em mim? Eu vou provar!

Ele se levanta, sai do quarto e se afasta no corredor. Eu o escuto mijar no banheiro com a porta aberta. Ele volta para me buscar, me leva diante da privada, onde um pouco de espuma cobre a superfície da água amarelada.

— Você está vendo todas essas bolhas? É assim que eu evacuo há semanas, não é uma prova isso? Do ar, do ar que me alimenta, posso mijar ou cagar, existe apenas ar em mim!

Se eu o considerasse capaz de humor eu lhe diria sem hesitar que tudo isso é vento. Mas nós estamos bem longe do tom que foi nosso durante anos, daquela época em que um simples piscar de olho desencadeava uma louca risada sincronizada. Procuro desesperadamente uma forma de prender Mando ao mundo dos vivos, mas entrevejo apenas uma maneira por enquanto: uma escuta incansável, apaixonada, da sua louca trajetória.

Aos poucos, Mando começa a se soltar, apesar do aparente distanciamento. Ele fala, fala de si sem parar, e o seu discurso representa o único fio pelo qual posso retê-lo. Eu o sinto fisicamente: eu pego no voo, como uma corda no ar, a trança das suas palavras, lançada para mim através do quarto. Mas o que fazer com essa amarra pegajosa, incrustada de conchas, de criaturas das profundezas?

Eu o escuto até o amanhecer, lutando contra a vertigem das suas evocações, evitando embarcar junto e tentando manter sua cabeça na superfície da água. Nós nos despedimos com a promessa de nos rever no dia seguinte.

Ganhei dois dias. Ganharei muitos outros, ao preço de noites exaustivas nas quais, escrupulosamente, vou recolher a história que ele me contará de maneira cada vez mais apaixonada ("Tornar-se o escriba do psicótico", dissera o professor). E eis que recomeçamos, Mando e eu, a dupla de exploradores do continente perdido. Mas a estrutura gemelar se inverteu: como na imagem do rei de um jogo de cartas, uma barra opaca nos separa, um se tornou o avesso do outro. Lado luminoso, eu estendo os braços em direção à minha parte sombra, cabeça caída, que ameaça o tempo todo me escapar. Como recebe ele minhas palavras, se é que elas ao menos lhe chegam, quando as suas próprias se tornaram compactas, petrificadas, pesando tanto?

O adiamento obtido de Mando supera as minhas esperanças, há quase um mês o vejo toda noite, um mês de sessões face a face exaustivas durante as quais, às vezes, consigo aliviar seu interminável monólogo. Agora eu tento convencê-lo a sair de casa, acompanhar-me aos lugares que costumávamos frequentar, espero algo desse confronto. Mas ele recusa: por que sairia para o mundo quando o que se precipita sobre ele, aquele que o invade, lhe impõe suas sensações? Aonde eu o levaria? Ao Père-Lachaise? Eu não creio que seja boa ideia carregar esse fantasma através das alamedas entre as tumbas.

Ele concorda enfim em passear no parque, sempre em nome das nossas lembranças de infância. Eu o seguro como a um convalescente no fim de uma longa doença, o passo é hesitante e ele protege os olhos da luz que cega. Cada pessoa com que cruzamos provoca nele um movimento de recuo, como se ele desconfiasse de um perigo potencial. Ele me afirma que sua energia se tornou uma presa para esses vampiros esfomeados. Até o filho do zelador, Jean, o bebezão que comia nossos peões, essa criança de peito abrigada num corpo de caminhoneiro, envia-lhe ondas e bombeia toda noite seus fluidos vitais através do assoalho do seu quarto.

Caminhamos um pouco, do grande rochedo até o laguinho da Naumachie, e nos sentamos lá perto. Um sol primaveril aquece o ar, grupos de crianças passam gritando diante de nós, Mando não as vê. Ele hesita um pouco, depois se dirige a mim, quase inaudível:

— Você não vai acreditar, eu sei que é inimaginável, mas esta noite eu me comuniquei telepaticamente com o presidente dos Estados Unidos! E ele compreendeu tudo o que está acontecendo aqui, você percebe, Loup?

— Quero de fato acreditar que você está convencido, Mando, mas não creio que seja a realidade.

Enfraquecido por todas essas noites de vigília, eu não pensei antes de falar, a enormidade e o tom da sua confidência me irritaram, a telepatia, o presidente, essa temática de adolescente tardio. Recuso-me a ver Mando sob os traços caricaturais do louco se tomando por imperador. Ele se põe na mesma hora na defensiva, enrijece:

— Há muitas coisas que você não pode compreender, Loup. Você está impregnado por leituras racionalistas, inteiramente sob a influência do professor Psicopompo. O que se afasta do modo com que você pensa foge do seu alcance, é recusado em nome da razão!

Agora ele me agride. Faço um esforço para não responder, sinto uma vontade furiosa de sacudi-lo, de demolir suas elucubrações de alienista do século passado. Eu lhe berraria sem hesitar que essas histórias paranormais apresentavam algum interesse para nossas exaltações de antigamente. Hoje nós passamos da idade e, ainda mais, ele nem se dignou a me apresentar um delírio original. Permanecemos em silêncio, eu no meu furor contido, ele na sua insuportável certeza. Ele acende um cigarro.

— Você conversa de espiritismo com seus amigos psicanalistas?

Arrancando-me dos meus pensamentos, eu volto a olhar meu amigo. Sua atitude não mudou, com os olhos fixos no fundo do parque ele deixa o cigarro se consumir entre os dedos.

— Acontece às vezes, Mando, quando a questão surge.

— E o que você responde?

— Que nós fazemos os mortos dizerem o que temos vontade de ouvir.

— Nossa própria mensagem que volta a nós sob uma forma invertida, é isso?

Ele pode ironizar à vontade aquele a quem chamou de professor Psicopompo, mas ele acaba de tomar emprestada uma das suas fórmulas.

À nossa volta está a vida, banhada por esse primeiro sol. Os patos se agitam na água do lago, hordas de caubóis e índios patinadores combatem aos gritos, a nossos pés um pombo rola na poeira. E, durante esse tempo, Mando olha diante dele sem desviar, com um sorriso frouxo nos lábios, seu longo corpo encurvado mal tocando o banco. O contraste é para mim insuportável, tenho vontade de plantá-lo no local para correr ao quiosque e me entupir de doces, calçar meus patins e me lançar na perseguição das outras crianças.

Mantenho-me, portanto, fiel ao meu compromisso, custe o que custar. Os dias se seguem e eu não largo Mando, um Mando queimado por dentro, cuja exigência pouco a pouco se colore de outra maneira, mais cruamente, com relâmpagos de raiva. Ele insiste em que eu me junte a ele, gostaria de me transformar num novo adepto da sua visão de mundo. Ele se irrita assim que introduzo a dúvida; ele não suporta nenhuma das minhas tentativas de trazê-lo à razão. Eu me sinto sufocado, atrás de portas cerradas durante noites. Nós saímos raramente, o esforço que o mundo exterior exige dele é muito grande, passamos a maior parte do tempo no quarto, de janelas fechadas, levados pela torrente de palavras que nos mantêm acordados até de manhã.

A sala esfumaçada acolhe uma centena de espectadores, reunidos em torno de bebidas fortes. Algumas mesas continuam livres perto do pequeno palco, eu me sento numa delas e faço meu pedido. Para me livrar da exaustiva tensão de cada um desses encontros, decidi sair sozinho uma noite, deixando Mando com suas sombras. Escolhi na programação dos espetáculos parisienses um café-teatro, Le Skorpios, que mantém em cartaz uma peça com dois personagens tendo como tema a psicanálise, descrita como um afrontamento sadomasoquista com final trágico.

Quando as luzes se apagam, um casal de retardatários entra e se instala na mesa vizinha à minha. Na sombra eu distingo um homem, vestido com um longo casaco, em animada conversa com o garçom, a quem tenta suprir a ignorância, explicando-lhe que Skorpios é o nome de uma ilha grega, pertencente ao multimilionário Aristóteles Onassis. Ele está acompanhado por uma jovem sedutora e eu estremeço quando ele tira o casaco e o pendura no encosto da cadeira: essa inacreditável roupa com lã grossa, essa gola Mao, é ele mesmo, o professor Psicopompo! Meu coração dispara com a ideia de passar a noite ao lado daquele a quem sempre admirei de longe, no estrado do hospital Sainte-Anne ou diante do quadro-negro de um anfiteatro, e eu não consigo desgrudar meu olho dele. Eu vejo quando sorri à companheira, provavelmente uma das suas alunas, e, quando ele acende aquele charuto retorcido que fez sua fama, o raio do isqueiro faz cintilar o aro de aço dos seus óculos.

O espetáculo começa, mas sinto uma grande dificuldade para acompanhar o enredo, tenho olhos e ouvidos apenas para o casal da mesa vizinha. O professor, dedicado à sua tentativa de sedução, se inclina regularmente para a orelha da companheira, murmura-lhe palavras doces, que ela acolhe rindo. Enlevado, ele diz de repente um "Eu te adoro!", sonoro o bastante para provocar protestos do público. A bela jovem, absorta pela peça, vê-se cada vez mais obrigada a rejeitar as investidas do professor, que não presta atenção alguma ao que se passa em cena.

É muito difícil para mim separar a imagem do mestre cujas lições me apaixonam desta do homem velho que inclina a cabeça grisalha para a nuca da sua conquista. A peça termina com a morte do psicanalista por seu paciente, ao cabo de uma relação que não poderia ser mais equivocada. Acendem as luzes, a sala se esvazia e eu me posiciono atrás dos meus dois vizinhos a fim de ouvir fragmentos das suas palavras, até o tumulto me fazer perder de vista o professor, com suas costas encurvadas e o gesto patético do seu braço enlaçando a cintura da jovem estudante.

Semanas depois, Mando continua vivo, alcancei meu objetivo, mas perco parte das minhas forças me esquivando dos seus ataques em nossos embates, controlando com esforço minhas variações de humor.

Toda vez sou recebido por Enza, que à medida que o tempo passa se torna mais fria e distante em relação ao filho. Uma noite chegou a me dizer:

— A vida é insuportável aqui com Mando falando sem parar em se suicidar. Que ele se decida logo, em vez de ameaçar!

Essas palavras de Enza, a piedosa, me perturbam. Contradizem tão fortemente a imagem da mulher que eu acreditava conhecer que eu gostaria de justificar essa frase terrível em função de sua exasperação. Mesmo levada ao desespero ela não poderia expressar tal desejo. Minha imagem da mãe rechonchuda e calorosa vacila, escuto a veemência de Mando quando eu a protegia dos seus ataques:

— Loup, você não sabe de tudo, minha mãe não é quem você imagina!

Enza acrescenta:

— Essa loucura está se tornando insuportável, ainda mais que não é a primeira vez.

"Não vão repetir o golpe", "Não é a primeira vez"? Depois de uma profunda inspiração, resolvo lhe fazer enfim a pergunta que eu seguro há tempos. Faz mais de vinte anos que nos silenciamos sobre o acidente de Mando e eu tenho de saber agora: a colônia de férias, o braço quebrado, o cirurgião italiano. Estamos diante um do outro na entrada do apartamento e Enza estremece.

— Ele nunca contou para você? Pensei que vocês falassem tudo um ao outro...

Eu não respondo, preocupado com o que virá. Ela me leva até a sala, de olho no corredor, como se temesse ver Mando saindo do quarto e nos surpreendendo.

— Na plataforma da estação de trem, quando ele soube que você não viria, ficou muito bravo, você sabe. Você conhece Mando, ele trincou os dentes, disse que não tinha importância, que se divertiria assim mesmo. Estava muito pálido quando subiu no trem. Dias depois, nos chamaram do local para buscá-lo, ele não estava bem.

— O punho quebrado?

— Oh! Se fosse só isso! Um braço se cura, a cabeça não. Em poucos dias, ele tinha se tornado incoerente, causava medo a todos. Temendo que ele fizesse uma besteira, trancaram Mando num quarto até a nossa chegada. Ele pulou pela janela para escapar, foi então que se deu a fratura. Não sabíamos o que fazer, Mando não era mais ele. Roberto tinha um amigo de infância que dirigia uma clínica psiquiátrica perto da nossa vila de Viareggio, e quis que ele cuidasse do filho. Lá, eles o endireitaram à base de remédios. Quando voltou a si, Mando nos pediu para não contar a ninguém. Mas estava muito ressentido conosco. Dizia ter sido nossa culpa, de Roberto e minha, dizia que tínhamos querido nos livrar dele naquela colônia de férias e fugir para a Itália!

— O que disse o psiquiatra?

— Se me lembro bem, falou de um episódio de confusão, muito raro naquela idade. Ele disse que isso poderia acontecer uma única vez na vida... Estou realmente surpresa por Mando não ter falado a respeito, sobretudo com você.

Um barulho de passos no corredor nos interrompeu. Mando se juntou a nós na sala, lançou um olhar frio para sua mãe e me disse simplesmente:

— O que você tem? Não está com a aparência muito boa.

Como responder à pergunta? Não, eu não estou bem, Mando, percebo o tamanho do mal que lhe causei. E você chegou ao ponto de responsabilizar seus pais para me poupar! Quantas vezes eu o abandonei? Sinto-me cambalear: assim, quando ainda éramos crianças, uma traição minha já o havia precipitado para a loucura. Que lugar eu ocupava na sua vida? As palavras do professor Psicopompo ressoam cruamente, os efeitos catastróficos de um rompimento para um banquinho de três pernas: "Ninguém *se torna* psicótico."

Na noite seguinte, sonho que Anna Silejzky é mestre de cerimônias. Pendurada no braço do professor Psicopompo, ela recebe os que vieram me dizer adeus. Meus pais avançam devagar e se inclinam em minha direção, campeões na arte de esconder suas emoções. Enquanto eles se afastam eu distingo a fisionomia que avança e inunda meu rosto com uma chuva de lágrimas: Nine, que aperta um pacote contra o peito (bombons de mel, pobre querida, decididamente ela sempre passará longe) e em seguida o põe no meu caixão. Tenho dificuldade de reconhecer os rostos no pequeno grupo que se mantém um pouco afastado, distingo mesmo assim o de Enza, rezando, enquanto desfia um rosário. Era necessário que Nine deixasse seu lugar. Como se houvesse compreendido, Anna pega minha segunda mamãe pelos ombros, afasta-a com cuidado e faz sinal a Gaby. Magra e elegante no seu terno preto, minha velha amiga tira da bolsa Hermès um baralho e o desliza entre a parede de carvalho e o travesseiro de cetim.

E ele? Procura-me no parque, me espera no Père-Lachaise, diante das lápides do columbário? Um rumor se eleva aos poucos: a música de Nino Rota, aquela que escutávamos antigamente no seu quarto. É um pífaro que introduz o tema da cena final de *Oito e meio*, depois a orquestra deslancha, metais e percussão, num ritmo irresistível. Eu me junto a todos em volta do caixão e, como no filme preferido de Mando, nos damos as mãos para uma última farândola.

Passam os dias, atravessados por tempestades, mas esta noite, quando me recebe, meu amigo está mais calmo. Ele põe a pena no tinteiro e contempla sua nova deusa da fecundidade, cujo corpo ondulante lembra a forma de uma capitular.

— Esperando você, eu pensava nessa coisa incrível: o significado que pode ter uma única letra, insinuante. Uma letra trocada no fim de uma palavra e a intenção se transforma em ato!

Suspiro, a noite vai ser longa. Que nova viagem Mando nos preparou, em que floresta virgem os exploradores de outros tempos vão se aventurar?

— "Eu faria" é sonho, fantasma, "eu farei" é determinação, o ato em si! Você consegue captar a nuance do que podemos fazer entre "eu mataria" e "eu matarei"? Foi isso que eu quis simbolizar com o corpo desta mulher, esta que detém todas as possibilidades.

Não gosto do seu discurso de boas-vindas desta noite. A maneira como ele apresenta as coisas é muito sedutora, mas seus jogos de linguagem navegam pelos cantos dos trocadilhos da nossa adolescência: o professor Psicopompo certamente não iria contradizê-lo. Espantosa essa maneira que ele tem de fazer troça de um discurso com o qual se encontra, diga o que quiser, tão profundamente em sintonia. Ele mergulha de novo no seu desenho, depois emerge e me fita intensamente.

— Loup, eu pensei muito no papel que você representou estes últimos meses. Eu sei a que ponto você esteve presente, sem suas visitas eu não estaria mais aqui faz muito tempo. Mas eu não sei se devo agradecer ou detestar você.

É a primeira vez que ele aborda tão diretamente o tema. É preciso considerar isso um bom sinal? Ele continua:

— Decidi lhe dar isto.

Ele me estende uma pilha de cadernos escolares, presos por um elástico.

— Meu diário, Loup, tudo está nele, você vai ver que poderia ter sido escrito por você. Somos nós, é a nossa vida.

Hesito em aceitar.

— Guarde-o, Mando, você ainda vai precisar dele!

— Já faz algum tempo que eu não escrevo mais nada nele, é preciso parar um dia. Mesmo assim, que ele esteja nas minhas ou nas suas mãos não muda nada, é indiferente!

Não vejo como recusar esse presente tão pesado. Ainda me encontro sob o golpe da revelação de Enza, alguns dias antes. Cuidarei com zelo do diário, garanto a Mando que ficarei feliz de reviver momentos que compartilhamos. De novo o seu sorriso estranho.

— Não pense que eu esqueci um único instante aquele sobre o qual eu falei, mas desde a sua volta ele vem cada vez mais raramente me visitar. Você deve estar feliz, você ganhou, ele me deixa ficar sob o seu poder. Reencontramos o sentido profundo da nossa amizade, é muito mais forte que antes, mais forte que a morte.

— Nossa amizade nasceu quase ao mesmo tempo que nós, Mando, é disso que ela tira sua força, do lado da vida.

— Sua intensidade mudou, estamos terminando algo, eu sinto. Agora seria preciso um acontecimento para concluir, para nos libertar de tudo isso.

Decididamente eu não gosto dessas palavras, sobretudo depois da distinção feita há pouco entre intenção e ato. É um estilo de fórmula solene que me dá calafrios. Adoto um tom mais leve:

— Que tipo de acontecimento, Mando?

— Eu não sei ainda, tenho pensado muito a respeito faz alguns dias — novo sorriso —, eu não tenho a alma de assassino, mas me pergunto se a sua morte não seria indispensável para a conclusão da minha metamorfose. Ou talvez nós devêssemos ir até o fim do nosso amor: num caso como no outro, é a única maneira de compartilhar com você o que eu vivo!

Desta vez eu não peço para ser preciso, na gama de expressões eu escolho o riso forçado.

— Talvez exista uma solução intermediária, menos radical!

— Isso é bem do seu estilo, Loup, situar-se no centro, no velho meio-termo! Decididamente, você está onde eu o deixei.

Onde ele me deixou. O tom se torna ríspido, eu o contrariei de novo. Ele empalideceu, eu o sinto perto do furor, como acontece sempre que eu oponho minha dúvida à sua certeza. Ele pega novamente a pena e acrescenta à sua criatura olhos sem pupila.

— Espere um segundo, vou verificar uma coisa.

Ele se levanta, sai do quarto com uma rigidez de autômato. Sentado na poltrona, escuto seus passos se afastarem para a cozinha. Enza, no limite das suas forças, viajou para encontrar o marido na Itália. O apartamento está deserto, de repente sinto-me muito só com Mando, nesta peça isolada no fundo do longo corredor. Pela primeira vez em meses eu sinto um verdadeiro medo, que meu amigo jamais havia me inspirado. Esse sentimento que me invade poderia me levar a uma nova covardia, uma última traição da qual Mando seria desta vez a causa direta: sair correndo, abrir a porta e fugir para sempre.

Os segundos se alongam, intermináveis, escuto o bater de gavetas na cozinha. Levanto-me e dou cem passos no quarto do meu amigo para enganar a espera e me surpreendo ao me ver mergulhado na minha antiga conta (três vezes três vezes três), ritual que não me era útil há anos. Olho o traço aguçado do desenho mordiscando o papel, a mulher sem olhar com o corpo de serpente, quando uma imagem aterrorizante se impõe diante de mim: Mando está escolhendo uma faca afiada nas gavetas de Enza — a que serve para cortar o presunto de Parma —, ele vai voltar, o olho vazio, para executar a mais mortal das suas alternativas.

É evidente, como não pensei nisso antes: ele vai surgir armado para deixar o lugar livre ao outro, a criatura sobre a qual eu momentaneamente triunfei. Na cozinha o choque metálico dos utensílios se amplifica. Esforço-me para não perder a razão. Apesar de respirar profundamente a pressão sobe, incontrolável. Eu pego a pilha de cadernos, aperto-a contra o peito e de repente, cedendo ao pânico, saio do quarto para me precipitar na sombra, onde tantas vezes eu e Mando brincamos de dar sustos. O grande corredor retomou as proporções da nossa infância, cintilante, sem fim, caverna ameaçadora, galeria onde deslizavam antigamente dois pequenos aventureiros à procura de monstros pré-históricos. A batida dos meus passos no assoalho segue o ritmo opressor do meu coração. Tateio para encontrar o interruptor inexistente quando ouço passos que fazem eco aos meus. Pulo para chegar ao vestíbulo e distingo na sala reflexos sobre o volume escuro do piano de cauda, mas, no momento em que chego diante da porta de entrada, Mando já está lá, na minha frente, os braços ao longo do corpo, sombra no fundo da noite. Ele me espera, cortou caminho pela sala de jantar. Eu devia ter desconfiado, era a esperteza suprema do canalha nos nossos jogos de antigamente. Não consigo evitar um grito. Meu pensamento funciona a toda a velocidade, a única saída é escapar para a saleta, mas ele a conhece muito bem, experimentou tantas vezes nas nossas lutas heroicas.

— *Ah! Ah! Professor Mortimer, desta vez você não me escapará, eu conheço cada ponto deste dedal, o senhor foi capturado como um rato!*

Sem tempo para tentar um movimento de recuo, o professor Miloch já se encontra sobre mim. Rolamos no chão antes que eu possa distinguir o que ele segura na mão.

Reúno minhas forças e agarro seu punho enquanto ele joga todo o seu peso sobre o meu corpo, num silêncio absoluto, a respiração regular, determinada. A queda de braço dura alguns segundos, uma eternidade durante a qual nos mantemos face a face, os membros paralisados, misturando nossos hálitos. A angústia me priva de forças, o tremor dos meus músculos se acentua, eu não vou ganhar. Raios coloridos riscam a noite, eu suspeito o fulgor de uma lâmina glacial abrindo caminho entre as minhas costelas, empurrando sua ponta até estourar meu coração. Eu luto ainda, desesperadamente, depois um vazio brutal me invade, diante da ideia de um gozo desconhecido, aterrorizador: relaxar, oferecer-me de braços abertos ao sacrifício. Mas o que acontece não é o que eu espero: Mando agarra minha cabeça entre suas mãos, sua boca procura a minha para um beijo furioso. Ele murmura palavras incoerentes enquanto seu corpo colado ao meu vibra e pesa mais, até que não haja o menor espaço entre nós. A sensação de sufocamento é tanta que num sobressalto eu reencontro uma parte das minhas forças. Eu me contorço violentamente e com um ataque repentino faço com que ele caia estatelado no chão, ouço sua cabeça bater na parede. Aspiro freneticamente um bocado de ar e me jogo para a frente, mas tropeço num obstáculo: o diário de Mando que escorregou das minhas mãos durante nosso corpo a corpo. Uma força irresistível me leva a parar um segundo para recolher a pilha de cadernos antes de me lançar para a porta. Não há mais tempo para retornar, eu já demorei muito, sua mão me atinge, a mão desesperada que consegue apenas arranhar meu pescoço.

Estou fora. Ofegante, não me dei conta da corrida desvairada que me fez despencar as escadas e me levou até a praça da Europa. Sob meus pés uma locomotiva berra e faz vibrar o asfalto. Curvado, me agarro um instante nas grades que protegem os trilhos para recuperar a respiração e, em meio ao estrondo de um trem de subúrbio, me volto para trás. Mando não me seguiu.

Todas as noites eu revivia a corrida pelo corredor escuro, o combate cego no tapete da entrada, o beijo com gosto da esperança aniquilada. Esses pesadelos me deixavam molhado de suor, as orelhas zumbindo, eu tentava encontrar um final diferente, uma última maneira de retomar o diálogo. Porém, nada mais apareceu a não ser o apartamento deserto, o choque metálico das facas na cozinha. De novo eu tive medo e de novo fugi, como na época da colônia de férias ou como quando preferi o professor e seus discípulos à exigência da nossa amizade. Pela terceira vez eu traí nosso juramento, mas naquela noite foi nas mãos da sua criatura que eu abandonei Mando.

Ao longo dos dias tento retomar contato com a vida, com um mundo corrompido pelas visões delirantes do meu amigo. Mas não consigo assistir novamente aos seminários do professor Psicopompo, muito menos às suas apresentações de doentes: eu não suportarei imaginar Mando submetido à tortura, traindo seu delírio por um significante revelador ou, pior ainda, me apontando para a assembleia, a mim, seu amigo de sempre, como o mau encontro na origem da sua loucura. A rua oscila sob meus passos, olhares me perfuram, conectado a seus pensamentos, eu os leio como num livro aberto. Todos por quem cruzo me fazem a mesma recriminação: você largou a corda que sustentava Mando, a meada enlouquecida se desenrola agora a toda a velocidade, impossível deter, você é o único responsável. Eu permaneço mesmo assim na espera, na expectativa ainda de que ele me chame, porém, no fundo, eu não acredito mais. Eu não fiz o que devia, eu nado no meio de um oceano de faltas.

Decido-me enfim a desatar o elástico em torno dos cadernos escolares e abrir o diário, fechado numa gaveta da minha mesa. O que leio me choca. Reduzida ao estado de puro fantasma, minha existência vacila nesse espelho deformador. Ao longo das páginas meu retrato oco se torna preciso: o de uma sombra, de uma excrescência do seu pensamento que permite a Mando afrontar a realidade. Hoje, sob o bisturi de um cirurgião, sou eu o siamês sacrificado.

Sozinho em casa, atendi assim que o telefone tocou:

— Loup? Aconteceu uma grande desgraça!

Enza está do outro lado, cochichando como se temesse ser surpreendida. Eu já gostaria de poder desligar, anular a ligação, embarcar a bordo do cronógrafo do professor Miloch para voltar alguns dias, retomar nossa conversa, bloquear o seletor temporal bem antes da perseguição no corredor.

— Mando?

Eu a escuto suspirar profundamente.

— Sim, Mando, acabou, ele partiu.

Enza não consegue contar de outra forma, eu compreendo. Uma fórmula de conveniência me escapa:

— Oh! Meu Deus!

O que Deus vem fazer na minha boca neste momento? Provavelmente, como antigamente, uma maneira de Lhe fazer assumir a Sua parte de responsabilidade. Ou simplesmente de me mostrar em sintonia com Enza. Um longo silêncio, mas eu preciso perguntar:

— Como aconteceu?

Ela chora, e conta entre soluços:

— O que ele fazia no parque Monceau? Você sabe, Loup? Quem mais além de você poderia explicar? Você era o único para ele. A polícia o encontrou inconsciente aos pés do rochedo. Eles o recolheram e o levaram ao hospital. Parece que estava confuso. Por que o deixaram num quarto sem vigilância? Eles sabiam que ele havia perdido a razão! Loup, ele se jogou pela janela! Era preciso vigiá-lo e eles o deixaram sozinho!

O frio de uma pastilha de menta no fundo da garganta. O tempo compacto. A queda de Mando em câmera lenta, sua boca aberta, talvez até o momento de hesitação na beirada. "Mas vai logo, caramba, o que você está esperando?"

Desta vez, na praia espanhola, eu sou aquele que permanece no alto, aquele que não ousou e que percebe de cima o corpo desarticulado do amigo, na grama do hospital. Eliminados Enza, o telefone, a péssima notícia: estou inclinado na janela, tento agarrar Mando pelo blusão, mas ele escorrega entre meus dedos. Silencioso, ele despenca seus dez andares dentro da noite, sem um grito, os olhos bem abertos, seu sorriso enigmático nos lábios.

— Loup? Você ainda está aí?

Escuto na voz de Enza o eco de nossos jogos de antigamente: "Loup, você ainda está aí nessa mata?" E a terrível última palavra ricocheteia de novo sob a abóbada: "Mata... ta...ta..."

— Sim. Enfim, eu acho. Como farão agora?

— Há formalidades. Roberto e eu gostaríamos de levá-lo a Viareggio, ao jazigo da família. Oh, Loup! Por que não conseguimos segurar Mando?

É verdade, Mando, por que eu não consegui? Pior, eu o abandonei uma vez mais e você não sobreviveu. Essas noites de vigília, essas intermináveis conversas até o amanhecer para nada, para acabar assim. Um combate sem esperança contra a besta dentro de você, a criatura que lhe fez acreditar que você poderia voar. E você escapou, pela janela desse quarto de hospital, mas também pelas alamedas empoeiradas do parque da nossa infância, tão perto do monte de areia onde você me ofereceu, há mais de trinta anos, aquela caixa de metal preservada como a minha primeira lembrança.

É verdade, não houve meninas nesta história. Apenas nós dois e nem por isso foi mais simples. Nada poderia ter nos separado, cruz de pau, cruz de ferro, na vida ou na morte. Não houve rivalidades imbecis entre nós, foi outra coisa que nos dilacerou, Mando, algo presente desde o início, mas que ninguém ainda podia imaginar.

Eu penso em seu rosto descansando no travesseiro de cetim, seu pequenino rosto de criança traída, encolhido pela atadura que deve mascarar os ferimentos do seu voo. Eu não sinto coragem de compartilhar com Enza e Roberto essa viagem longa demais, de desfiar na companhia deles lembranças que pertencem apenas a nós dois. A partir de agora, e pelo tempo que me resta, quero estar a sós contigo, ainda tenho uma missão a cumprir, uma atitude a tomar para resgatar minha palavra. Mas qual?

A vida me leva sem objetivo, na terrível solidão em que meus fantasmas me deixaram. Eles arrastam correntes pesadas, que me ligam às suas lembranças. Seu peso é o dos juramentos aos quais não me mantive fiel, das suas mãos que eu não apertei, dos beijos que lhes recusei. O sentimento de não ter feito o gesto necessário dormia há tempos em mim, um sono de gato, sempre à espreita. Hoje ele é insistente, impossível descartá-lo, junto com seu fiel companheiro: a lembrança das promessas não cumpridas.

Acredito reconhecer meus mortos em cada silhueta vista, não consegui apagar da minha agenda os seus números de telefone para não fazê-los desaparecer uma segunda vez. De noite, eles me dirigem um olhar bondoso, me falam como antigamente sem que jamais a voz da razão venha me gritar o absurdo da situação. Penso em enfeitar com violetas a tumba de Nine, cuja localização já esqueci, me arrasto à noite por Montparnasse, ergo os olhos em direção às janelas de Gaby, onde luz alguma me faz sinal, e todo dia procuro reencontrar você, Mando, em todos os lugares por nós frequentados, na beira do lago da Naumachie ou nas alamedas do Père-Lachaise.

Quando se aproxima a data do aniversário da sua queda, volto a uma das sessões espíritas que gostávamos de frequentar, mas o espetáculo aflitivo da sala de aula cheia de velhotes me inspira uma ironia lúgubre. As mensagens telepáticas, a viúva do táxi aspirando as cinzas do seu defunto, a Europa que se desestabiliza. Não, não é no meio dessa mixórdia que eu retomarei contato com você. No caminho de volta, ao longo do muro do cemitério, me preparo para carregar o peso da minha falta até o fim dos meus dias.

De repente a imagem da urna no banco da frente do táxi me vem à mente. O médium diretor de escola e seu casaco tricotado à mão, o caixão em formação, todo o folclore barato se apaga para deixar lugar a uma visão que você não teria rejeitado. Nada mais grotesco na imagem do livro recheado de cinzas, bem ao contrário: essa visão me inspira uma atitude que não pode mais esperar.

Atravesso a cidade como um sonâmbulo e volto para o quarto onde você me espera. Enfim, sei o que devo fazer. Abro a gaveta de minha escrivaninha para tirar o objeto que queima meus dedos, seu diário. No alto da pilha, abro no meio o caderno mais recente e, uma vez mais, recebo como um tapa sua última frase, a que concluiu o diário:

> *"Loup passa todo o tempo longe,*
> *faltou a três encontros, dizer-lhe adeus."*

A tentação de apagar é grande: espalhar o branco em cada uma das suas palavras, não deixar nenhum traço de um contratempo que não terá jamais existido. Fazer o que você sempre fez, guardar apenas o que se parece conosco. Mas eu decidi de outro modo, as páginas virgens me impõem prosseguir e eu pego a sua caneta. Estou perto de você, você me escuta? Você me espera, Mando? Este diário é nosso, é a nossa vida, você poderia tê-lo escrito tanto quanto eu.

Minha mão na sua, eu adoto sua letra inclinada, impecável, e eu reinicio a narrativa no seu diário interrompido:

> *"O que verei seus olhos verão, o que vou escutar você escutará tão claramente quanto eu. É meu diário, Mando, tudo está nele, você verá que poderia tê-lo escrito, este diário é nosso, é a nossa vida! Isto é a amizade verdadeira: ser o outro, totalmente. Sempre foi assim entre nós dois e será assim até a morte, inclusive além dela..."*

Mas quem largou a mão de quem? Paro bruscamente, a caneta suspensa acima do vazio. Agora que você não está mais aqui, Mando, resta outra coisa de mim além de uma prótese, uma terceira perna de banquinho? Desmedidamente alongada pela luz do meu escritório, a sombra da minha mão treme na parede. E uma terceira questão urge: quem de nós dois teve o mau encontro?

Balançando a cabeça, eu releio estas linhas que me escaparam e sinto a vertigem. Faço um esforço imenso para me desvencilhar do caderno, dessa prosa adolescente, renunciar antes que seja tarde demais a esse projeto que me parecia tão evidente, há apenas alguns segundos.

"Não é louco quem quer", insiste a voz anasalada do professor Psicopompo nos meus ouvidos. Preciso deixar o escritório para ir ao banheiro, à cata de uma aspirina. Tento reencontrar o prumo jogando água gelada no meu rosto, mas evito erguer meus olhos embaçados para o reflexo que adivinho confusamente, do outro lado do espelho. O de Mando, com quem quase me confundi.

Este livro foi composto na tipologia Minion Pro Regular, em corpo 11,5/16, e impresso em papel off-white, no Sistema Cameron da Divisão Gráfica da Distribuidora Record.